MINGUO
TONGSU XIAOSHUO DIANCANG WENKU

民国通俗小说

典藏文库

耿郁溪 卷

喜迁莺 闹蝶儿

耿郁溪

著

中国文史出版社

目　录

喜 迁 莺

闹 蝶 儿

喜迁莺

第一章 一半儿

在北平某一种社会圈里面，有所谓"舅舅"阶级者。这舅舅阶级，实在是一种特殊阶级，想要解释这个特殊的意义，那非得从头说起不可。然而这头儿又不知从何起始，老早就这么传下来的，大概自有这个社会圈儿以来，便有这种舅舅之阶级。

我们还是从女人说起吧：譬如有夫妇两个人，这夫妇两个人也不是真正的夫妇，他们一半儿是夫妇，一半儿也是姘度来的。这女人根本没有所谓娘家，连她的娘家姓什么，她或者都说不清了。她手里有几个钱，这几个钱从哪儿来的，那就不必细说了。

她因为不甘寂寞，所以和一个男人同居起来。这个男人自然要老实而听话，不过他是穷的，因为穷而老实，才能看上她和看上她的钱。假如男人是一个劳动阶级，那么这时候便可洗手不干，坐享其成，或者再染上嗜好。起初染上嗜好——譬如吸大烟——不过为满足女人的欲望，要长时间地提壮精神，后

3

来嗜好把整个精神侵夺了。女人渐渐感到不满足，同时钱也花完了，男人早就失业，而且更不能再去挣钱养活女人，女人遂不得不自寻出路，寻那经济的精神的出路。

于是在多年没有亲族的情形下，忽然又来了一个娘家兄弟，据说这兄弟出外多年，老无音信，现在回来了。或是营商，或是当军人，现在发了财了，来看望姐姐。男人其实也明白，不过一来自己不能养活女人，愧对女人，同时女人还来养活自己，又搭着嗜好甚深，无精力来干涉女人的事，于是这个兄弟便一半儿是兄弟，一半儿是奸夫了。

假如这时有了孩子，这个娘家兄弟便是孩子的舅舅了，这个舅舅便是特殊阶级的舅舅。所谓舅舅，一半儿是舅舅，一半儿也是后父，也许是亲父也许是假父。而根本上说，那个父亲也是假的，也只是一半儿的父亲。因为这个孩子，就是花钱买来的，那么这个母亲也有一半儿靠不住了。

这女孩子连她本身的父母是谁，她也不会知道。等到大了，这女孩能挣了钱，便养活她的母亲养活她的舅舅，父亲或者倒许不管了，这时完全听母亲的命令。等到母亲死了，自己因为受了母亲的熏染，生活也非常浪漫，于是她也找个男人姘度。男人不成了，又找来一个兄弟又买了一个孩子，管这个兄弟叫舅舅。如此辈相袭，舅舅这个名称终是特殊阶级的。

本小说女主角谷云莺，就是这种圈儿里的一个女孩子。她的亲生父母她都不知道是谁了，不过她知道她现在的父母都不是她的亲生父母。这个舅舅，更不是亲舅舅了。谷是她这个父

4

亲的姓，云莺是她舅舅给起的名字，她母亲给她判定的年岁是十八岁，假如不是为报户口，这个岁数恐怕还不能决定。

她长得很好看，在天真活泼里，有着刚毅果断的性情。她在小学念书时，很知用功，而且功课也很好，她就喜欢念书。那时她的母亲——所谓谷太太——手里还有点富余，同时上学也用不了多少钱，谷太太也晓得将来女儿在社会上活动，不管是什么事情，总是认识字方便得多。所以也愿供她念书。后来家境日渐窘迫，勉强把小学毕了业，依着谷云莺的意思还要上中学，可是家里已经没有这种力量了。

本来谷太太也未尝没想到把谷云莺供给起来，找个事情，嫁个可靠的人家，自己跟着姑爷享晚年的福。她感到自己的境遇，实在是自己耽误了自己。不过她又在心中衡量一下，觉得供给读书，多咱是一站呢？买孩子为什么？不就是为的倒把吗？囤积大了，卖给人家做姨太太，立刻就赚个千儿八百万的。所以念书没什么用，只要够用的，也就成了。同时自己手里也没有钱再供给，趁着孩子年纪轻，叫她干点儿什么，先给自己挣钱。

她想好了主意，便想叫谷云莺走着自己这个道儿，这个道儿就叫作"混"。混这个字，意思是很恰当，说是买卖，又不拿捐缴税；说是职业，又那么偷偷摸摸，不能公开，只好就叫着"混"。其实这就是"暗盘儿的买卖"。暗盘儿的买卖比明盘还赚钱呢。

她叫谷云莺做这种暗盘生意，谷云莺刚刚由学校出来，受了教育熏陶，如何肯干这种事？她念了很多的书，心里也非常明白，绝不肯做那种下贱的事，做那出卖灵魂的事。她是受过时代教育洗礼的女孩子，她的心地是纯洁的，像她母亲那种生活，她就非常不乐意。不过她没办法就是了。现在母亲提到这个问题，她当时就提出抗议，誓死也不去干。

谷太太也没了办法，同时，抚养了十几年的感情，到底还有着母女的爱在，不便过于强迫。不过她说："那么你不做这事，你要干吗呢？难道要挨饿吗？"

谷云莺知道母亲也无力再供给自己读书，自己从小时就喜欢唱戏，那么她说："我学戏吧。"

谷太太知道唱戏也是一条出路，女孩子唱戏，容易唱红了，即或不红，也还能找个出路。唱戏是招牌，实际还是找对象。不过一唱戏，不必找对象，而是对象自来找自己，那时可以随便挑选，找肥的挑，她遂答应了谷云莺的要求。

既然学戏就得找人教，好在物以类聚，人以群分，她的舅舅认识一个票友，给人拉胡琴，顺便说戏，于是便找来教她唱戏。

既然供给不起读书，那么学戏也应花不起。可是读书既然没钱，而学戏却能左摘右借地供给，这不是因为利大所以才下本钱呢吗？再者一边学一边就出去唱，多少能挣一点儿，把这笔钱就补过来了。

乍一唱戏，当然没有立刻唱红的奢望，只是先闻名儿，能够找着一个捧角的肯拿出钱来供给学戏，那就更好了。这虽然是理想，但事实也真会实现。因为社会里，却专有这么一种人，无事可干，钱没地方花，只有捧角吧。捧角的原不限于男人，也专有女人捧角。

谷云莺唱了几回之后，居然有一位丁老太太，手里有钱，无事可干，整天到娱乐场里去逛。她专门喜欢童伶，她时常用种种法子来拉拢这些天真的孩子们，不管是男是女，只要看着顺眼，便要当作自己孩子看待。其实也并没有什么野心，与其说是好玩，不如说有这种瘾。孩子们不懂什么，不过看着钱是好的。而孩子的家长近人，也正想笼络这种人，得些实惠。

谷云莺竟被丁老太太发现，她很喜欢她。丁老太太觉得谷云莺很有出息，便说："要是这么唱下去，那是很可惜的。这非得投名师，多学些能耐不可。"于是便给谷云莺介绍一个名师，天天上老师家去学戏。

谷云莺喜欢得了不得，她又聪明，于是进步非常的快。她一向抱有这样思想：她以为唱戏若是想红起来，必须是有三个大条件。

第一大条件就是必须有经济力的后援。一般伶人喜欢认干爹干妈，不无其理由的，那全是想得着充实的经济后援。有经济后援，才能干一切事。

平常人以为唱戏很容易，其实不知下的本钱很大，譬如行头、家具，"守旧"等等，都需要很大的钱款。不过这钱不由自己出，而由干爹干妈出而已。

所谓干爹，一半儿是干爹而已，而那一半儿只有干爹知道了。不但这些要用钱，就是平常交际、应酬，无往而不是钱。唱戏又跟别的行儿不同，非得交际应酬不可，不然休想红起来。所以一般想唱戏的，先不在唱上找出路，而先在经济上找出路，经济有了后援，再去唱戏，唱了戏再赚钱。

有人说，既找着经济后援，干脆就不必唱戏了，有这钱花着，不也成了吗？其实不知若不唱戏，这经济后援马上停断。这些干爹干妈的脾气，就是为拿钱捧唱戏，你叫他拿钱周济些穷人，他是不干的，要不怎么社会的情形复杂微妙，就在此处。我们看社会的种种事情，必须用"一半儿"的眼光来看，所谓睁一只眼闭一只眼。一世的事，都是一半儿是实的，一半儿是虚的。

第二大条件就是必投名师。投名师固然是为学本事，但这也是一半儿，那一半儿不过是为标榜，即或戏不是跟他学的，而标榜为某某名门弟子，就可唬弄外行，不但唬外行，并且还能唬内行。平常人唱戏，愣往这一行里挤也颇不容易，内行先排挤，不用说指这行吃饭，就是平日消遣走票，内行也时常挤对。但是一投名师，立刻就好些，大家看着名师的面子，就不好意思排挤了。固然名师的能耐一半儿叫人佩服，而一半儿也是声势的关系。外行人也常常认这个，明摆着唱不对，但是有名师"把场"，大家说这一定不会错的，名师之关系如此之重。

第三大条件就是宣传。唱戏不宣传，如同坐旱船。旱地行船，那是多么费劲，即或费很大的力气，用篙把船支起，但仍旧不得走。若是宣传，就如同船入大海，东西南北，无往不如

8

意，又少事又省力。宣传好了的，真如一帆风顺。若是没有宣传工具，那就不用说了，就得仗着人口的宣传。不过那也费事得多，绝不如报纸的风行。即有了宣传工具，再不宣传，那就得失败。

有人说，谭鑫培也不用宣传，人人都知道。那不是没有报纸吗？倘若有报纸，人家都宣传，唯谭鑫培不宣传，也会失败的，除非他已经砸好了根底。现时代的唱戏者，尤得仗着宣传。名字时常在报上登着，不但外行人注意，就是内行也表相当敬意。内行比外行尤其好虚荣。

谷云莺之想到此处，一半儿是为虚荣，一半儿也觉得唱戏只有这样子才成。她的三个大条件，现在已经有了两个，一个是丁老太太，经济后援；一个是有名师指导，这应当满意了。不过她认为不足的是没有宣传的能力。

她每天看报，注意戏剧的消息，看着同行姐妹的名字时常在报上登着，一常登报，才能算红。她很羡慕，人家都能有人给她们宣传，自己却没有，一样的唱戏，人家的名儿就比自己大，这不是宣传的力量吗？自己也得找个宣传出路，宣传没出路，两眼黑乎乎。即或钱有，名师有，人家不知道也是枉然。你说一唱就渐渐有名，架不住人家不听，你一点办法没有。你有多好的本事，人家不知道不是白搭吗？

可是丁老太太这时不愿意谷云莺太出风头，她有个矛盾的心理，她愿意谷云莺成了名，那么自己才不算白供给她，成名之后，还叫自己为干妈，多么有劲呢！但她又不愿意她太成名

9

了，唯恐成名之后，追逐的人一多，谷云莺从自己手里脱出去，那才伤心呢。丁老太太是患得又患失，捧角儿也操这么大的心机，真不容易呀。

她越看谷云莺越好看，也就越发舍不得撒手。虽然养在自己家里，一点用处没有，可是她不愿意谷云莺由自己手里飞出去。谷云莺的心胸又颇广大，绝不会在丁老太太手里一辈子，她到底是要飞的。

丁老太太见她的志谋远大，遂心生一计，自己有的是干儿子，何不把她嫁给自己干儿子？干儿子和干女儿结婚，便永远跑不了啦。

她想到自己有个干儿子叫周玉龄的，也是唱戏的——自然，她是非唱戏的不认。周玉龄是个唱老生的，相当活泼漂亮。她以为周玉龄和谷云莺配一对儿，那是最合适没有了。于是她便用种种机会，叫他们凑在一块儿，增进他们的情感。等到快成熟的时候，她再向谷云莺一说，就无问题了。

谷云莺对于周玉龄固然也有师兄妹关系，感情不错，但她绝不想嫁给他。她不但不想嫁给他，任何人也不想嫁。她虽然是戏子，但绝不愿和戏子结婚。她很奇怪，一般捧角的女人，都喜欢嫁戏子，不知是一种什么心理。唱戏的当然不是没有人格，而现在唱戏的，总有一半儿不地道的吧？这一半儿不地道的，把地道的也给影响了。

谷云莺不想嫁周玉龄，但亦不想嫁别人。许多女伶是希望嫁给有钱的，物质享受先要巩固，然后追求精神的肉体的安慰。这几乎成了坤角的通愿。她们都这样想，以为这样就是极普通的事，极合理想的事，极通人情的，毫不以为怪，毫不以为耻。她们觉得廉耻二字在她们心中是没有的。这也难说，嫁给有志气的，多半没钱，跟着受了半辈子的罪，等到有志气的志气已达，那又有别抱了，如同王宝钏似的。嫁给有钱的虽然是当姨太太，但到底没有受罪，所遗憾的是精神肉欲不能满足。所以嫁给有钱的妍个年轻的，这并不是背乎人情的呀！不过尽显了人情，所以也就忘了人格。一般小姐也未尝没有这种念头，不过多半为"人格"所障阻，不能如愿就是了。唯有唱戏的可以如愿。而唱戏的为的就是这一件事，要不然她唱戏干吗呢？

谷云莺不愿意嫁给周玉龄，她是觉得自己一无成就，尚未成名，假如一结婚，则自己唱戏的前途也没有了，唱戏不是为嫁戏子呀。于是她总表示退后，凡是有周玉龄的场合，她总回避着，自己给自己下了戒心，她要一心放在戏剧上，绝不谈结婚问题。

丁老太太见机会总不成熟，谷云莺总是闪闪躲躲，她遂不得不直接向她谈判这件事。她说周玉龄如何有出息，如何可靠，如何懂得疼人。

谷云莺见丁老太太把这意思表明出来，自己也就不得不表白了。她说她绝不结婚，在唱戏未成名以前，不能谈到婚姻，一来自己年岁轻；二来自己也不能拿主意。

丁老太太认为这都不成问题，年龄虽然过轻，但结婚也不

11

算早；自己不能拿主意，谷太太那里也不成问题。丁老太太说："全有我呢，有我做主张，她不能不答应，这事我向她去说。"丁老太太当真向谷云莺的母亲去说。

谷太太的意思，倒无所谓，她本来叫女儿唱戏就是为挣钱，可是她能不能成名，能不能挣钱，还在不可知之数。她对于谷云莺就没敢希望太大，她不是承认谷云莺的能耐不好，她是说谷云莺的脾气未必能起得来。唱红了也得有唱红了的脾气，光靠能耐聪明不成。所以丁老太太一提这话，她想到丁老太太给拿钱，只要自己不赔钱，而且将来还能养老，也就可以了。何况这些日子花了丁老太太多少钱？人家这样做媒，拒绝了也不合适。她就表示只要丁老太太在头里，女儿绝受不了委屈，这婚事倒是可以做。不过另外还有一点条件，就是谷云莺结婚后，还得唱戏，给她挣一点儿养老费。丁老太太认为这不成问题，养老费全有丁老太太呢。

谷云莺这时见婚事要成功，她着急起来，她极力反对。她说："女人一结婚，绝对不能再唱戏了，再唱戏也不会红起来，要是红起来，将来准得离婚。当真那样，不如不结婚，专心唱戏，前途是有希望的了。"

丁老太太见谷云莺极力反对，有些生气，她竟走了，临走时还说，如果谷云莺不听她的话，就不再管她了。

丁老太太走后，谷太太见鸡飞蛋打，便责备谷云莺，说她不该拒绝丁老太太，拒绝丁老太太，就是拒绝了财神。

谷云莺说："难道为了财神，就把我这一辈子幸福抛弃吗？

我绝不嫁周玉龄。他能不能起来，这还是一个问题，即或起来，是不是能永久保持爱情，还不敢说。丁老太太能活多久？她能跟着一辈子吗？"

谷太太道："那你打算怎么办？丁老太太不是说了吗，你不听说，她就不管你了，你还拿什么唱戏？她一不拿钱，你师傅那里先不教了，你还唱什么？"

谷云莺道："我自有办法，即或唱不了戏，我也不能嫁周玉龄。"

谷太太生气道："可是你不替我想，你不唱戏，我怎么办？"

谷云莺道："反正我有办法。"

其实她有什么办法她还没有想到，不过她是这样说着。她想母亲是不能不顾养，而自己又不愿牺牲，在这矛盾心理下，只有这样说着，一来安慰母亲的心怀，二来解自己的愁肠。至于怎么办法，慢慢再想主意。她想世界上不会专有一个丁老太太喜欢自己，她还得唱戏，她每天仍到师傅家里去学。

丁老太太见她真的不听自己的话，觉得自己花钱养一个狼狈，太不上算。她非常生气，从此便不再管谷云莺了。她一不管谷云莺，谷云莺的师傅也就对她冷淡起来，不但不正经给她说戏，有时说了她忘记了，还真不客气地责打。

谷云莺的精神，痛苦太大了。一样的师姐妹，可是师傅总给人家说，不理自己。以前师傅常说自己聪明，现在也不说了，老说她没有出息。当着很多同学责备她，她只有暗地饮泣，不敢对母亲说。回到家来，吃着很粗的茶饭。

谷云莺既不得老师的爱护，于是唱戏总不得出头。眼看着同学姐妹都成了名角，自己还一点头角未露，可见钱这个东西是不可缺的。

这天，一个姐妹在饭店里招待宴会，招待许多客人，这个宴会真是豪华极了。谷云莺参与其间，她看见姐妹们争奇斗胜，自己真有点相形见绌，那些客人们也都豪华奢侈，个个精神焕发，畅谈阔论，意兴蓬勃。她看见姐妹们应酬于宾客之间，非常熟练，她觉得自己的交际太窄了，其实借着别人的声望，自己也可以联络，不过她究竟到社会上来不久，不大好意思。

在男客里面，胖瘦高低，什么样的人都有，且谈且笑。一会儿入座，大家开怀畅饮。谷云莺坐在姐妹之间，不便问这些人都是谁，而且她也不注意谁和谁。这时，从那边匆忙进来一个青年，穿着西服，进门把夹大衣一脱，便交给茶房，没有戴帽子，留着流线型的发型，十足表现着一个摩登的青年。大家互相点头敬礼，有的让座。在众人的口中，得知这个青年叫于大行。

于大行这个名字，她听着有些耳熟，大概在同行里时常提到他，因为他的职业兼着三四处，都与唱戏这行儿有关系，所以许多人都认识他。他很漂亮，派头儿也够，谷云莺不由多看了他两眼，想到自己何时也能有这种宴会，来招待这些人？而人家是不是肯来，她想到自己前途这样渺茫，不觉黯然神伤。

14

吃完了饭，大家到跳舞厅，准备跳舞，不会跳和不愿意跳的，坐在旁边看书或是向主人告别回去。

谷云莺既不会跳舞，又没有对象，这时她感到没有男朋友的缺点，在这场合里，大家一比，孤身的女人，实在自己都觉得单调可怜。所以女人想交男朋友，倒不一定是春情发动，而是环境所熏染，实际所迫呀。

这时于大行也看见她了，单身的女人，是容易被人注意的。于大行见谷云莺似乎眼熟，又似乎没见过，不过他知道今天的女宾，都是唱戏一行，他向别人一问，知道她叫谷云莺。谷云莺这个名字，在他耳朵里并不太熟，可是她确和别人有种不同的风格。她的美丽也和别人不同，她是那样年轻，而别人都是人工的修饰。

他一注意她，她也正在注意他。两个人一注意，反而倒不好接近了。譬如两个人，在无意中相见，虽然以前没有说过话，但是借这仓促而遇的机会，可以招呼一下。假如互相注意很久，谁也没理谁，也就不好意思再招呼了。

谷云莺这时见于大行注意自己，也颇安静，不过不知他究竟对自己是什么一种心情。自然，她并没有想到他能够爱自己，而且连自己爱他这个心情也还没有想。他们之间，先有一个"不可能"三个字在前面阻拦。

这时音乐止了，舞侣都退了下来，于大行和主人女伶招呼谈话，可巧这时谷云莺走过来，要和主人告别，主人说："不要走，忙什么，来，你同于先生跳一回去。"

谷云莺便向于大行行了一礼。于大行道："这是谷老板吧?"

主人道："你们没有见过吗? 我忘了给你们介绍,现在给你们介绍也不晚。"

于大行道："不必介绍了,我已经知道了。我自己介绍我自己给谷老板,我是于大行。"

谷云莺道："久仰久仰,你不说我也知道了,你的名望太大了。"

于大行道："谷老板跳舞吗?"

谷云莺脸一红道："我还不会呢。"

于大行道："正好,我也不会,我们坐一边谈谈也好。"

主人见他们两个人谈上话,也就不再张罗他们,自己走去。他们两个人坐在一边,喝着咖啡,谈着话。

于大行道："谷老板没组班吗?"

谷云莺道："最近打算唱一回,不过我的力量太小了,以后还请你多帮忙。"

于大行道："哪里话? 我是喜欢这个的,谷老板用功几年了? 我因为太忙,没有赶到谷老板消遣过。"

谷云莺道："我唱的日子很少,最近更没有唱。因为我的能耐还不够,还在学习的时候。于先生你对我别客气,就像对小孩子那样指导我才好,我最笨了,什么客气话也不会说。"

这些话的确是谷云莺心里的话,她现在觉得能够获识于大行,实在是幸运得了不得。她觉得自己的前途,完全在于大行的手里，只要能得着他的援助，前途自无问题。

于大行道："不成问题，我一定帮忙，千万别提指导的话，我是外行。"

这的确也是实话，不过他们两个人都互认为是客气话了。在这个环境里，也不能谈到别的什么话，而且谈的工夫也不能太久了，不然别人总要怀疑两个人干吗那样特别亲近。

同时谷云莺觉得散会之后，大家走出来，有的坐汽车，有的坐包车，即或没有车的也能坐在别人的车里。自己出来现雇车，多不好看。有车还好，没车就得走着了。

她想到这里要走，于大行看出她的神气，便道："谷小姐要走吗？"

谷云莺虽然没有爱于大行，但是觉得自己走了之后，于大行若再同别的女人一块儿谈话，她就不放心似的。这是一种什么心理，她自己也说不出来。既然没有爱，为何会有嫉妒？这就是爱吗？她现在不愿意和于大行别离，和他别离便觉空虚似的。

于大行又说："我送谷小姐回去吧。"

谷云莺听了真是说不出的感激与喜欢，不过她又想：也许是于大行的客气，这里有这许多姐妹可留恋的，何至叫他单送自己去呢？她遂道："那真不敢当，可是你真要回去吗？如果专为送我，多么不好意思呢！"

于大行道："我也想回去的。"

于是他们走了出来，外面时光已经深夜，除了几辆包车而

17

外，没有散车。于大行道："我们走一走吧，寂静的夜之街，也有一种趣味。"

谷云莺更是喜欢，他们一边走着一边谈着，于大行便问到她的近况，她便把她的身世和家庭状况——都说了，毫不隐瞒地说了。

于大行一听，十分奇怪，想她们这行的人向来都是不说实话，对于自己的一切都守秘密，尤其家庭的情形更不向外人说。她们总是夸大地向人家宣传，不是说曾在高中读过书，便说自己对艺术怎样爱好，绝不说唱戏为赚钱。谷云莺这样毫不隐藏地说出来，于大行反觉得有些奇怪，不过他感到谷云莺的真诚，而且并不拿自己当作外人，所以才说出心里的话。于是对于谷云莺，不觉生出爱的心。爱她的纯洁天真，又爱她诚实聪明。因为她的见解，和其他的伶人不同。他于是也不再向她虚伪，而以诚恳的心来对待她了。假如敷衍一个对自己非常诚实的人，那真如同欺骗一个一样的。

他问到谷云莺将来的计划，谷云莺道："我有什么计划呢？有计划也不能实现，我一个弱女子，有什么力量呢？唱戏第一必须有人给拿钱，第二必须有好先生，第三必须宣传。我现在哪一条儿也没有。以前倒有一个丁老太太供给用功，可是现在她又不管了。"

于大行道："为什么呢？"

谷云莺道："她叫我和周玉龄结婚。我想我一结婚，前途不就完全抛弃了吗？所以我没有答应，她就不再供给了。"

18

于大行一听，她倒是一个有志气的姑娘，不觉很佩服她，遂道："那么不唱戏不成吗？如果愿意做个事，我倒可以介绍一个地方去做事。"

　　谷云莺道："当公务员，不是仍然叫人当花瓶看待吗？况且我的家庭也不允许我这样做。同时我的能力做事是不成的，唱戏则还合我的性情。"

　　于大行道："既然有这艺术天分，当然要发挥一下才好。不过我想再找一个像丁老太太那样的人，不也成吗？"

　　谷云莺道："这固然有的是，不用找人，自然有人来找。但是你一花人家的钱了，就得听人家的话。人家花钱为什么？按最简单来说，捧角是为消遣。然而叫我做人家的消遣品，我就干不了。唱戏是权利义务，我不管他听戏是为消遣为爱好艺术，反正我按照艺术的规则来唱。至于台下平时也给人家做消遣品，那我就不能干了。"

　　于大行道："可是你不受人家支配，就不能得人家的钱。"

　　谷云莺道："谁说不是呢？所以唱戏还不是容易的事呢。"

　　于大行道："既然不能离开这行儿，又不能做人家的消遣品，那就只有苦干了。这样，关于宣传这方面，我可以尽我最大的努力，帮助一个天才家的成功。另外，我鼓励你努力奋斗，我们不用人家一个钱，我们完全用我们的本事来唱我们的戏。我相信是一定能成功的，努力干吧。不要灰心！"

　　他正说着，谷云莺一拉他，说道："留神地沟。"

　　于大行躲开了地沟，这时觉得她一拉自己的臂，显得格外亲切。这也许是一般伶人的惯技，但他相信这一定是谷云莺的天真至诚，绝没有一点别的杂意混在里面。于是他又继续着说，但竟找不着话头了。

两个人默对了一会儿，谷云莺觉得眼前一片光明，而于大行却觉得是一层云雾了。没有爱的时候，决想不到一切问题，一生了爱，问题便会来了。就如不搬家也没有要账的，搬了家，要账的就来了是一样的。

第一个问题是：我能够爱她吗？有了第一个问题，而第二个问题也来了：即或能够爱她，但能够和她结婚吗？以后的问题是：社会允许吗？家庭允许吗？她的家庭允许吗？自己有这钱吗？她知道自己没钱而肯嫁自己吗？她爱我吗？她爱我什么？她是利用我吗？种种问题都一齐排到脑子上来。

沉默了一会儿，谷云莺快到家了。往常总觉得道路还远，今天不知为了什么，却觉得路太短，似乎再长一些好。

一直走到她家的门口儿，谷云莺站住了，于大行见她站在台阶上，那种依依不舍之态十分动人，他不由想说："我爱你。"可是他一时说不出口。

谷云莺也知道他要说，她希望他能说，假如他能够说出来，自己便倒在他的怀里，叫他吻着。

但是于大行站了一会儿，却道："好吧，如果有用着我的时候，我一定帮忙，再见。"

谷云莺道："谢谢你，假如我有事找你去，到……"

于大行道："噢，最好到我那办公的地方去找我，或是给

20

我打电话，到别处见面。不必到我家里去，因为我不常在家。"

谷云莺道："好吧，谢谢你，家里坐一会儿好不好？"

于大行道："不坐了，时候不早了，再见吧。"说着，转身走去。

谷云莺道："谢谢呀。"

于大行道："太客气了。"说着便走远了。

谷云莺转身刚要叫门，老妈子却开门出来。她说："听大小姐说话儿了，听着声儿就像，开门可不是嘛。您同谁说话儿呢？"

谷云莺走进来道："于先生。"

她走了进来，见了母亲，说道："妈，今天我走着回来的。"

谷太太道："这么远走着回来？你不害怕吗？"

谷云莺道："于大行送我回来的。"

谷太太道："于大行？"

谷云莺道："今天在那里第一次见面，他也去了。他很有能耐，他一直送我回来，他还说愿意帮我的忙呢。"

谷太太道："那好呀，你可以多联络联络人家。"

谷太太又鼓励她，叫她别得罪他，好好联络他，总是有用的，她以为社会上的人什么人也不能得罪，何况贵人？何况财神爷？谷云莺有了母亲的鼓励，于是便对于大行更要无忌地接近了。过了两天，她便给于大行打电话。

于大行虽然喜欢谷云莺，但是他总觉谷云莺是女伶，染了女伶习气，对于自己，不过是为利用而已，焉能谈到真情呢？这不过是一半儿玩儿，一半儿利用。她既然利用自己，自己也乐得找些精神安慰，不然生活便太苦闷了。

他自己送谷云莺回家后，也就把这些忘却，今天接到这电话，十分奇怪，接过来一问，才知是谷云莺，于是平静的心里总有些波动，他道："那天回去累了吧？"

谷云莺道："谢谢你，我很高兴，你回去很晚了吧？"

于大行道："我时常那时候回去的。"

谷云莺道："忙不忙？"

于大行道："没什么事。"

谷云莺道："我母亲叫我约你吃吃便饭，哪天有工夫呢？"

于大行道："不必客气了，一块儿玩玩倒是可以的，不必吃什么饭。"

谷云莺道："为是找个地方谈一谈，吃饭在其次。我们也不下帖子了，这礼拜日下午五点钟，我们在容园候你吧。你千万得去，别不赏面子。"

于大行道："你现在哪里打电话？"

谷云莺道："在街上。"

于大行道："离我这里远吗？"

谷云莺道："不远。"

于大行道："那么你能来一趟吗？"

谷云莺道："我怕你很忙，不方便。"

于大行道："没关系，你来吧。"于是放下电话。

不一会儿，谷云莺来了，于大行把她让到客厅，让她吸烟喝茶，招待很殷。谷云莺便提到母亲的话，希望他别驳回，那样于面子上不好看。

于大行道："好吧，可是就这一回，以后不必这样客气，你近来很忙吗？"

谷云莺道："不忙。"

于大行道："常看电影吗？"

谷云莺道："对了，就是常看电影，别的消遣简直没有意思。"

于大行又问到出台的事，谷云莺说准备得都差不多了，大概过些日子就可以唱，希望多帮忙。

于大行道："唱戏即是销票问题，如果能销红票，唱戏就没问题。"

谷云莺道："可不是，销红票大概能销一点，我母亲给联络着，还有几个姐妹帮忙，大概不成问题，不致赔钱，不过还得求你给宣传宣传。"

于大行道："为艺术是可以尽力帮忙的，不过票的销路是很有关系的，第一次销好了，人一多，以后再唱便好办得多。不然第一回一碰，以后怎么唱也不成。伶人唱红了的，都是出门红，以后就更红，出门不红，以后怎么唱也红不了。所以第一回即或赔钱，也要把票全弄出去，只要人多，以后就好办。人就是好热闹，不管你的票是怎么出去的。只要人多，听着就带劲，唱着就带劲，报上再一宣传说上千百多座儿，名儿立刻

23

就起来。所以说唱戏很难，而成功也算容易。这是唱戏第一步。第二步就是得联络得好，各方面都得应付好。第三步是功夫问题了，虽然说现在外行多，可是唱戏没真功夫，到底是不行。"

谷云莺道："你说得太对了。关于功夫这话，我敢自信，我虽然不能说比别人聪明，可是我自信有把握，绝不叫人花钱看热闹。销票暂时是没有问题，只要你肯帮忙，这戏就唱成功了，你跟新闻界很熟的，一定能够帮忙。所以我的成功不成功，全在你的手中哪。"

于大行道："太客气了，还是功夫要紧，你现在没事吗?"

谷云莺道："没事。"

于大行道："我快要下班了，我可以早走一点，我们一同走吧。"

谷云莺道："好吧。"

于大行回到办公室，今天的公事早已办得，略加整理，他又来到客厅和谷云莺一同走出来。同事见了他，都向他微笑。

他们走出来，于大行道："我还有个饭约，现在时间还早，谷小姐没事，我们到咖啡馆坐会儿去好吗?"谷云莺点头答应。

他们一同走进咖啡馆，在一个单间里坐下，要了咖啡点心，他们谈着天。在这个环境里，最容易促进男女的感情，即或不是情人，在这斗室之中，对面倾心而谈，也容易变成情人，本来这是情人的环境。他们越谈越相投，越看越爱慕。坐了一会儿，于大行见自己的约会到了，遂叫伙计过来，给了钱。

谷云莺本打算给钱的，她极力争着给钱，她道："我还没有请你，倒先扰了你了，那不成。"

于大行道："在这里你是客气不出去的，他们也不能收你的。"说着给了钱，一同走出来，分了手，于大行赴他的饭局去了。如果不是饭局，他还同谷云莺玩一会儿呢。

谷云莺自这次聚会，她对于大行更加深了一层印象。

到了星期日，他们在饭庄子见了面。谷云莺的母亲见于大行这样帮忙，非常欢喜感激，然后又再三托付他照应谷云莺。饭后，他约谷云莺看电影，谷云莺看了看她的母亲。谷太太说："去吧，别叫于先生破费就得了。"于是谷云莺安心和于大行到电影院去了。

电影正演着一个文伶的故事，述说一个女伶爱一个青年，这个青年也很爱她，不过青年没有钱，他把他的家产和平生事业都牺牲了，来完成女伶的艺术。女伶的艺术成功了，而青年也倾家荡产了。女伶之红起来，可以说完全是那青年的力量，可是女伶红起来后，那青年在社会的地位失去了，他捧女伶，本就招许多人不满意。而他竟为女伶牺牲到这种地步，实在不值。他们都不了解青年爱女伶的心，都以为他是荒唐，把事业也都丢掉了。女伶这时红起来，于是追逐的人多了，自然这里尽是有钱的，也有漂亮的。女伶的虚荣心大，成名之后，就不愿和青年一同去隐居，于是两个人闹了很深的意见。而青年自己走了，含着眼泪走了。

他们看着电影，不禁都想到自己的身世。谷云莺怕于大行看了，而对自己怀疑起来。她再三地说："我真恨这个女伶，这样没有良心。"

于大行听了，知道谷云莺是对自己的一种表示，于是他安慰了。

电影散场，于大行和谷云莺走了出来，他们一边走着一边想着。谷云莺怕于大行因为电影故事的影响，而对她的印象坏起来，她心里很别扭，为什么正赶上这么一个电影？于大行也想到这层，他怕谷云莺心里不痛快，他表示电影是电影，事实是事实，他绝不会因为电影的故事跟他们的情形差不多就不爱她。可是他这话又不能说，谷云莺心里的话，也不能说。两个人都想怎么婉转地把心里话说出来才好。

这时洋车夫都来兜揽买卖，于大行要给她雇车，她道："我们还走一会儿好不好？"

于大行也正愿意走，于是他们便走了下来。走远了，渐渐人少了，路上也显着静了，于是他们便开始谈话。

于大行道："电影还不算坏。"

谷云莺道："可是事实能有这种事吗？"

于大行道："事实大概不免有，不过我想不能都是这样。比方女伶抛弃青年而嫁贵人，这种人固然不少，但也有不是这样的。"

谷云莺道："可不是，人和人不一样，这个电影编剧者，认识太浅了，他光看见过女伶是那样，他没有看见过女伶不是那样的。"

于大行道："这个不是编剧者不知道，编剧和小说都是以社会上所常有的事来写，以是表现人生。因为女伶那样的多，所以才拿这种材料来讽刺社会，不是不写的就是不知道。"

谷云莺道："可是我不喜欢他这个故事，即或有这种事实，而叫人对女伶的印象太坏了。"

于大行道："所以做剧作小说，是一件很难的事，写得好了，而这世界上并没有那么多好人，光写好，坏人便越发不知凛惧了。电影和戏剧的使命，也就是警恶扬善。"

谷云莺道："你觉得这电影里的人，哪个好，哪个不好？"

于大行道："那个演女伶的主角就不错，大概她很有心得，体验得很入微。"

谷云莺道："要是批评事实的话。"

于大行道："要是批评事实，我都觉得他们不够。女伶不用说了，嫌贫爱富，喜新厌旧，这是万要不得的。"

谷云莺道："这跟我的意思一样，我也觉得这种人太坏了，这都是社会不良，把她们养成那样子。"

于大行道："这话很对，这都是社会的不良，有以致之。"

谷云莺道："那么您对于女伶的印象，都是那样吗？"

于大行道："人不能都一样的。"

这真是奇怪的事，人们一有了爱情，无论男女，都犯一种毛病，就是理智完全没有了，光剩下了感情，所以对一切事，只以感情评断它。她若不爱这个人，那么世上所有一切恶点，都可以扣在这个人的身上；她若是爱这个人，拿任何比喻都不能阻止她的爱。所以电影、戏剧和小说，使正在爱海中人看了，是一点影响也没有的。比方电影写一女伶不好，但是他对于女伶仍然，即或知道这女伶本人抛弃了若干男人，但是他还要爱。那些红粉骷髅的话，并不能阻止人的爱欲。比方把一个人用 X 光照她，男人看了她，立刻就是一具骷髅，可怕极了，一点美也没有了。女人的骨体，就是那样，于是暂时把人爱慕的心减退了好多。可是把 X 光一撤，又现出女人的身体，美丽的颜色，于是又强烈地爱起来，方才那是骷髅，就和没有看见一样。试想，看了女人本身的骷髅，仍阻止不住爱，若是拿一个红粉骷髅的话来叫他不要爱女人，请想办得到吗？所以爱情的神秘就在此。

于大行绝不能因为看见电影的女伶不好，而不爱谷云莺。他明白谷云莺的意思，所以他说人与人不一样。谷云莺仍然不放心，她非要问明白不可，她又道："那么您对我印象怎么样？是不是也和那个女伶一般看待？"

于大行道："不，绝不，我要那样看，我就不会同你在一起走了。"

谷云莺道："为什么要同我一起走呢？"

于大行道："你是聪明的，你还不知道吗？"

谷云莺明白他的心理了，她很欢喜，不由又接近了他。

于大行又问道："你明白我的意思吗？"

谷云莺道："明白。"

于大行道："那么我的意思是什么?"

谷云莺道："我不会说。"她有些忸怩了。

于大行道："怎不会说?"

谷云莺道："我不会说啊。"

于大行道："你若是不会说,那你就是不明白我的意思。"

谷云莺道："你说我不明白,我就不明白,反正我自己心里知道就完了。"

于大行道："自己心里知道又有什么用? 自己心里的意思,非得叫人明白才成,我心里的事你明白了,你心里的事,就不叫我明白。"

谷云莺道："你心里什么事呀? 哪里叫我明白了?"

于大行道："你不是说明白了吗?"

谷云莺道："我不明白,我笨极了,我猜不透你的心事。"

于大行道："漫说是公主,就是大罗神仙,也难以猜透哇。"

谷云莺道："你的戏词倒比我还熟。"

于大行道："那么你猜一猜我的心事。"

谷云莺道："我不会猜,我不是公主。"

于大行道："你就当一回公主,我当驸马。"

谷云莺道："干吗呀? 占人家的便宜。"

于大行站住了,这胡同里并无行人,便抱住了她道："我爱你。"

谷云莺便依在他的怀里,两个人接了一个长吻。这个吻是

29

谷云莺有生以来的第一个吻，她第一次尝到吻的滋味，也就是第一次领略恋爱的滋味。

他们都抑制不住自己的心跳，半天，才互相离开。于大行拉着她的手道："我们走吧。"他们便走下来。

谷云莺道："你告诉我，你是真爱我吗?"

于大行道："我怎么不是真爱你呢? 莺，你不要疑惑吧，我可以发誓，我是真爱你的。"

于大行给谷云莺送到家里，他一看手表，已经夜里一点了，他急忙往家里走。这时又雇不着车，走到家里，已经快两点了，又乏又累。

到家一叫门，老妈子已经睡了多时，幸而他的太太等着他，给他开了门。他走进来，全家都睡了，轻轻进到屋里，太太给他打洗脸水。

于太太已经累了一天，她比任何人起得早，她比任何人睡得晚，她实在是一个美丽而又贤惠的太太，她想到丈夫在外面做事非常不容易，还得应酬朋友，还得联络上司，所以她在他回来的时候，百般地侍候他。他不回来，自己便不睡觉等着，回家便打洗脸水。

于大行洗完了脸，看着自己的小宝宝在床上睡得很稳，他在小宝宝的脸上吻了一下。

于太太问他还喝茶不，他道："不喝了，睡吧，今天太累了。"

于太太道："今天值班吗?"

30

于大行道：“可不是，今天是替人家，他请我吃了一顿饭，叫我替他一班，不好意思拒绝。”

于太太道：“可是你也得注意你的身体呀，你的身体本来不好，能多修养就修养，老这样累于身体受伤的，以后应该拒绝他。明天若是放假还可以，若不是放假，明天还得早起，人受不了。”

于大行不耐烦道：“我比你明白。”说着，他就睡在被里了，想着和谷云莺的甜蜜，并不和于太太说话。

于太太见他这样沉默寡言，不像往日的活泼，她晓得他心里有事，也不便问他，只得躺在他的旁边睡着了。

于大行虽然累，但却睡不着，谷云莺的影子，总在他的脑子里来回转，想到种种的甜蜜，不由便想到将来，将来怎么办呢？她能够嫁给自己吗？她真的爱自己吗？她能做自己的姨太太吗？她即或愿意做姨太太，而自己的太太是否答应？这些问题怎么也解决不了，他翻来覆去地怎么也睡不着了。

一会儿，小宝宝醒了，于太太马上也醒了，去抱孩子，把孩子撒尿，给孩子奶吃。人在睡着的时候，被动地醒了，那是最伤神的。做母亲为儿女白天累了一天，夜里还得照顾孩子，于太太真是个贤妻良母。

她见于大行睁着两只大眼睛，还没有睡着，便觉他的心事一定很大，要不然他会这样兴奋睡不着？她道：“你怎么还没睡呢？”

于大行哼了一声，于太太道：“你有什么事吗？”

31

于大行见她打听自己的幽思，不耐烦道："没有，你睡你的吧。"

于太太见他这种脾气，自己反倒睡不着了，她顾虑于大行的身体，她顾虑于大行或者有什么为难的事。白天工作，夜里还不能睡觉，实在于身体有伤的，她替他难过，她要知道他到底是什么心事，她想帮助他解决他的心事，可是他却不说，她又不好问，一问他就急，只好明天再说吧。

第二天再问他时，他含糊地说："没什么事，你不用管了。"于太太见他这样说，也就不再理会。

谁知从此之后，他时常很晚回来，不但时常晚回，而且回来之后，总是默默不言。有时高兴得能吃能喝，有时怔怔忡忡好像在想什么事，于太太便觉奇怪了。以前，于大行的母亲见于大行时常晚回来，以为儿子在外做事，免不了朋友应酬。或是行个人情，或是同谁打牌，或是走走逛逛，青年人是免不了的。不过日子久了，身体总要受伤。所以便同儿媳妇说，他再晚回来的时候劝一劝他，身体总是要紧的，别太晚回来，家里也没人等着他，全都不合适。于太太便把这话同于大行一说，于大行便不耐烦地不叫她说，说也不听。于太太便又把这种情形，和她婆婆说了。

于老太太年岁大，倒是明白事理多。她猜到儿子大概是有了外道儿，如果不是有女人，绝不会这个样子的。她一方面忧虑儿子的身体和金钱的消耗，一方面又忧虑儿媳妇看出儿子的行为而难过，所以她现在不但不再叫儿媳妇劝他，反而劝儿媳

32

妇不要十分管他，她给儿子解释说："他一定公事很忙，再者在外边交朋友，也免不了应酬。"

老太太的意思是怕儿媳妇看出儿子的行为而吵闹，那样倒容易闹僵。不如一面替儿子解释，叫儿媳妇放宽心，一面在暗中规劝儿子，不许在外边胡闹。母亲为了儿子的事，真是尽心到家了，为儿子的要是不能了解母亲这点心，实在辜负了母亲这一片心。

于太太见婆母都给儿子解释，自己也就不再追问。于是于大行胆子越来越大了，几乎每天必回来得很晚，他离不开谷云莺，谷云莺也离不开他了。

这天谷云莺由于大行帮忙之下组好了班，定好日子出台演戏。广告登出来，于大行又各方面一宣传，相片铜版，上报上一发表，果然还未出台，就引起了社会的注意，大家都要看看这个埋没在艺海里的新角色到底怎么样。

出演的那天，上的座儿真是不少，满坑满谷。于大行又买票分送朋友，叫他们到时候捧场。于是谷云莺一出台帘，就是一个满堂的好儿，跟着彩声不绝。行家一听，谷云莺的艺术的确不坏，也就同声赞扬。外行人一看行家都说好，于是也越发喊好。谷云莺头一天就红了起来，她真有一种想不到的收获，她欢喜极了。

于大行在包厢里和母亲太太一块儿坐着，他同她们说是朋友托销的红票没法儿推，所以留下，请母亲和太太听戏。于老太太以为儿子很孝，于太太以为丈夫很体贴，她们高兴地听着戏。

于大行两只眼睛盯在谷云莺的身上，他见谷云莺受到这样彩声，他也狂喜得了不得。因为这是他的心里高兴，不免要表现在外，于太太看着很奇怪。这时谷云莺在台上也不断地向他们这个包厢望，而且不断地望着于太太。这时又有朋友来和于大行开玩笑，于太太听见他们的话，便猜到于大行和谷云莺之间必有一点关系，拿这点关系来推测于大行往日的行动，不禁更加疑惑起来。

散戏之时，观众陆续出走，于大行站起来对于太太说："你同着母亲先回去，我找一个朋友谈几句话。"说着，他匆匆离开了包厢。于太太见他如此慌张，心里越加疑惑：这时候还找朋友谈天？可是她又无法不叫他去，只得同着母亲走出戏院，雇车回家去了。

于大行却一直来到后台，谷云莺正在卸装，于大行庆贺她道："啊，今天戏太好了，想不到的好。"说完，以为谷云莺也必欢喜。谁知谷云莺见了他，反而态度冷静起来，他不由怔了。

这时包围着她的好多人，你一句老板他一句老板，把谷云莺捧得比天还要高。于大行看了，说不出一种滋味了，他心里想："这是我的情人，你们怎样捧也没用。"他很骄傲，可是跟着又想："她今天为什么忽然对我冷淡起来？难道刚一成名，立刻就抛弃我了吗？以前全是利用我吗？"想到这里，又很难过，但仍然抱着一线希望，以为谷云莺之冷淡，是为了别的事，无论如何，得感谢自己帮她这样的忙。若是没有我，她如何能这样红？

他一边想着，一边站在旁边看着，就看谷云莺一边卸装一边和别人说笑。伺候她的人小心伺候，连她母亲都对她另眼看了。同时对于大行极力敷衍，因为她知道这场戏多亏了于大行，她见女儿这冷静的样子，也觉不大好，所以她极力对于大行敷衍。于大行因为有谷太太敷衍他，态度还不甚僵，不然僵在那里多么难堪。但到底心里不痛快，叫别人看着，倒好像自己曾巴结谷云莺。自己抛弃了母亲不管，叫她老人家自己回去，自己却来看她，不想她对自己这样。他一气恨，走吧，待在这里干吗呢？他向谷太太打招呼，说声再见，转身就走，他从此不想再理谷云莺了。

谷太太说道："忙什么，回头儿一块儿出去。我给你雇辆车，老太太呢？"

于大行道："不客气，老太太先回去了。"

说着转身刚走了两步，谷云莺却叫道："回来。"

于大行站住道："干吗？"

谷云莺道："你干吗去？"

于大行道："我回家去。"

谷云莺道："嗬，你倒是没忘记你的家，恐怕你太太一个人回去不放心？"

于大行一听，简直说不出什么，站在那里不动。借这机会，又走回来说道："这里不是没有事了吗？"

谷云莺道："必得有事才不走吗？你要走你就走你的，谁别拦着，不然于太太等你等得着急了。"

于大行结结巴巴地说不出什么来，只有站在那里等她卸完了装。

谷云莺道："妈您先回去吧。"

于太太把钱拿到手里，正想回家抽烟去，她道："那么你回头一个人回去？"

谷云莺道："我叫于大行送我回去。"

于大行一听，真摸不清谷云莺是怎么一回事，虽然自己成了她的跟包的，但他究竟是喜欢的。

谷太太道："那么又叫于先生受累了，太不合适啦。于先生还得回家呢。"

于大行道："我倒没关系，这算什么，我天天晚回去的。"

谷太太遂拿着钱走了，谷云莺的行头，自有人给收拾。她换好衣服，走了出来，别人也就各自分散。于大行随着谷云莺走出戏院。于大行要雇车，谷云莺道："干吗呀？雇车我自己就会雇，我要雇车何必叫你送？你要想急着回家，你自己回去好了。"

于大行道："我干吗想急着回家？我是怕你累了。"

谷云莺道："我不累。"

于大行道："不累那么就走着。"其实他心里也愿意走着。

谷云莺道："我渴了，我们到咖啡馆去喝杯咖啡去。"

前门外的咖啡馆，打烊比较晚些，他们便走进咖啡馆，要

36

了咖啡和点心。

于大行道："我还有点饿了呢。"

谷云莺道："我看你给你太太买了好些东西吃，你会饿？"

于大行道："我并没有吃多少，我问你，你今天干吗对我这么冷淡？"

谷云莺道："我就是那样。"

于大行道："什么就是那样？当着人你不是叫我难堪吗？"

谷云莺道："那可没法子，我高兴时才高兴呢，我若不高兴，想叫我高兴也不成。"

于大行道："那么你有什么不高兴的呢？"

谷云莺道："我就是不高兴。"

于大行道："你到底为什么呀？"

谷云莺道："那你就不用问了。"

于大行道："我必须要问，因为你对我一个人冷淡，一定是因为我而不高兴，所以我就得问问。"

谷云莺道："我就是因为你而不高兴的。"

于大行道："为什么呀？是我哪里没有给你办好？是你唱戏的时候我没有喊句好？"

谷云莺道："那谈不上。"

于大行道："那你到底为什么呢？"

谷云莺道："你不要装傻，你自己想想。"

于大行道："我想不起来。"

谷云莺道："想不起来就算了。"

37

于大行道："云莺，你为什么不说呢？"

谷云莺道："吃这点心，这点心好吃，来，你一半我一半。"说着，拿了一块圆的鸡蛋糕，用叉子一切，切成两半，一半放在于大行的碟子里。

于大行便用叉子叉起来，放在嘴里吃了。他道："今天成绩很好，上的是十成座，我想下期再好好宣传一下，上的人更得多了。我听很多人都说你唱得不错，我在旁边听着又提心吊胆，这回居然没砸，下回再选一个硬一点的戏码儿，把角色再换整一点儿，一定更好了。"

谷云莺道："你看见丁老太太没有？她也来了。"

于大行道："看见了，那个周玉龄跟着她呢，内行人也来得不少。"

他们谈了一会儿，于大行想到家里还在等着自己，遂道："咱们回去吧。"

谷云莺道："等一等，话还没说完呢。"

于大行道："那么你说吧。"

谷云莺道："你说吧。"

于大行道："我说什么呀？"

谷云莺道："你说吧。"

于大行道："我说什么呀？"

谷云莺道："你别跟我装傻。"

于大行道："我实在不明白你的意思。"

谷云莺道："不明白，以后再说吧。"说着就要站起来。

于大行道："不，得说出来，莺，你得告诉我。"

谷云莺道："我没得可说，走吧。"

于大行无法，给了钱，走出咖啡馆，谷云莺便叫洋车。

于大行道："你是不愿意了吗？你到底是什么意思？你跟我说了，我也好明白，不然你生气我还不知道怎么得罪你的。"

谷云莺道："明天再说吧，明天下午咱们看电影去吧。"

于大行道："明天看哪个片子？"

谷云莺道："明天你在班上等我吧，我找你去再说。"

于大行答应着，于是雇了两辆车，一直送到她家，然后于大行又坐车回到家里。

他的太太已回来好久，于老太太都睡着了。于太太想道："他说找位朋友谈几句话，怎样这样久还不回来？"她已经看出八九分来了。她很难过，又很生气。这时于大行回来，进到屋来，于太太也不言语。于大行看她面上神色仿佛有事似的，他自己心里有愧，所以也不言语。

于太太给他开了门之后，便倒在床上去睡，洗脸等项，由于大行自己去干。于大行想到太太很累了，也不便再叫她给打洗脸水，所以自己跑到厨房，找点热水，洗完之后，倒在床上去睡，这回他是睡着了。可是于太太却没睡着，她要知道于大行干吗这样晚回来？他上哪里去了？女人心地都窄，因为感情过重的缘故。她心里没事的时候，很难放进事去，可是心里有了事之后，再想抛开，那是难上加难。于太太已经对于大行疑心，再想不疑，那是不可能的。她越想越生气，越生气越难

39

过，她哭了起来。

于大行醒来，听见太太哭着，想到是为了自己这事，他一方有愧，一方生气，所愧的是自己对不住太太，生气的是她不该难过。他想自己既没待她不好，难过什么？为了维持丈夫的尊严，那点儿愧也恼羞成怒了。

他道："你这是干吗？"

于太太不言语，仍是擤着鼻涕。

于大行道："你到底是因为什么，你倒是说呀？"

于太太道："我没得可说。"

于大行道："你没得可说不成。"

于太太道："本来没得可说。"

于大行道："没得可说，你为什么哭？"

于太太道："我不为什么。"

于大行道："你不为什么不成，你非得说出为什么来不可。"

于太太道："没告诉你不为什么吗！"

于大行道："不为什么那你哭？"

于太太道："我哭又有什么呢？"

于大行道："为什么哭？"

于太太道："我爱哭我就哭。"

于大行道："你爱哭不成，在我旁边，我不能叫你哭。"

于太太道："那你拦不住，哭你还能拦住吗？"

于大行道："哭就得说出哭的理由，没有理由就不准哭。"

于太太道："你不能这样专制。"

于大行道："我就这样专制。"

他们越说声音越大，于老太太在上房都听见了，她道："你们还不睡觉，吵什么？"

他们都不言语了。于大行又盖上被子睡了。于太太见他这样无情无义，自己难过他都不知道安慰自己，他反倒生起气来，越想越睡不着了。

第二天早晨于大行起来上班去了。于太太肿着两只眼睛，于老太太看见儿媳这样，知道他们昨夜吵来着，老太太又不好问，于太太也不说。老太太心想：夫妇吵架，两天便过去的。也就没有放在心上。而于太太心里总想着这件事，觉得于大行对自己变了心。自己辛辛苦苦，每天这样伺候他，为了什么，不是为将来跟着他享福吗？现在对待自己竟这样薄情，将来还谈得到享福吗？

于大行心里这样想："你不必管我在外行动如何，反正我对你始终如一就得了。"他不知道女人的心理，她根本不是争的肉体，她争的是你的心啊！

于大行昨天和于太太吵了几句，心里总不高兴，不过想到今天还和谷云莺见面，不由又欢喜起来，现在他的心是一半儿在家，一半儿在谷云莺身上。离着下班还有一个钟头，他就把文件收拾起来，静等谷云莺来。

等了半个钟头，她还没来，等人是最着急的，一分钟一分钟都觉得过得很长，一直等到快下班了，还没音信。于大行有点不耐烦，急得来回转磨，同事一见他这种情形，就知道他在等谷云莺。

到了下班，大家继续走出，说道："老于一块儿走呀？"

于大行道："你们先走吧，我还有点事。"

同事道："你的事不是老早就办完了吗？"

于大行道："还有点别的事。"大家一笑而去。

于大行见大家走了，他一个人还在等谷云莺，心里又着急又生气，又有疑虑。他穿上了大衣，慢慢地穿，多耗一些时候。可是谷云莺还没来，他想也许不来了，自己不要等她吧。昨天和太太吵了一回架，今天还是早点儿回去的好。

他把手套慢慢地戴上，似乎戴错了，摘下来看了看，没有戴错，仍旧戴上。这时电话铃响，他急忙去接，接过一问，才知打错了的。看了看表，已经过了二十分钟，再等十分钟吧？不等了，绝对不等了。他犹豫着走出来，心里很难过。

刚走出办公室的门，就见谷云莺跑来，他又喜又生气，责备她道："你怎么来得这样晚？我都决心不等你了。"

谷云莺一听，立刻转身就走道："你爱等不等，我还是不来了呢。"

于大行一见，连忙过去一把拉住，一边说着好话，一边给她拉到客厅里，说道："你不知道我等得多么着急。"

谷云莺道："你不知道我是多么着急的，我刚要出来，家里就去了人，好容易应付半天，我这才脱身出来，你还埋怨我。"

于大行忙道："我不知道你有事，我以为你故意晚来呢。"

谷云莺道："那没准儿，我还许故意晚来，试探你等我不等呢。"

于大行道："我刚要出门，假如你再晚来五分钟，我就回家了。"

谷云莺道："你要是回家，我从此不理你。"

于大行道："你瞧，就许你来得晚，不许人家不等，多么自私呀。"

谷云莺道："我也不是故意来晚了呀，你再说我就走了。"

于大行拉她的手道："不说了，不说了，我们走吧，到咖啡馆去坐。"于是他们出门到咖啡馆去了。

两个人坐在咖啡馆里谈着。于大行道："昨天你说有话对我说，有什么话呢?"

谷云莺道："又没有话了。"

于大行道："什么呀? 你说的今天要对我讲，为什么不讲呢?"

谷云莺道："电影什么时候开?"

于大行道："看中场大概还能赶上，不过太促迫了，看晚场时间还早。"

谷云莺道："那么我们还是看中场去吧。"

于大行道："不成，我还没吃饭呢，我饿了。"

谷云莺道："我也没吃呢，看完电影一块儿吃吧。"

于大行道："不，我还是希望你把你要说的话说出来，要不然我也看不下电影去。"

谷云莺道："我问你，你是真爱我还是假爱我?"

于大行道："当然真爱你，你为什么还这样问我呢?"

谷云莺道："你爱我什么呢?"

于大行道："我爱你美丽，我爱你聪明，我爱你没有伶人的习气。"

谷云莺道："爱我又怎么办呢?"

于大行道："什么怎么办?"

谷云莺道："你别装傻，你再这样装糊涂，我就不说了。"

于大行道："我敢发誓，我不是装傻，我只明白爱就爱，还有什么怎么办?"

谷云莺道："你能永远爱我吗?"

于大行道："当然永远爱你。"

谷云莺道："那么你有这可能吗?"

于大行道："你不要来回来去地说了，我已经发誓永远爱你，还有什么可能不可能?"

谷云莺道："哼，可惜你的聪明了，你简直是个傻子。你尽光发誓不成，你得想想你的环境，能不能允许你永远爱我。"

于大行一听这话，知道她的心意，遂道："你的心我明白了，现在我可以这样答复你：你不必顾虑，我既然发誓永远爱你，我就能永远爱你。一切条件都没有，一切障碍我都不顾，我非达到爱你的目的不可，你还不放心吗?"

谷云莺道："我很放心你，可是你能放心我吗?"

于大行一怔道："我怎么不放心你？你有什么不叫我放心的？"

谷云莺道："我没有什么不叫你放心的，可是……"

于大行道："可是什么？你一定有别的意思，你快说，你是不是想不爱我？你是不是有了另外的情人？"

谷云莺笑道："有没有你问不着，你没有资格问。"

于大行一听，大吃一惊，当时想到她今天来晚，和昨天在后台对自己冷淡的情形一对照，他的心碎了。

要知后事如何，且看下章分解。

第二章　一封信

于大行听了谷云莺的话，心里难过，怔了半天，说道："我明白了，我们不必再谈这个问题吧。"

谷云莺笑道："我不叫你谈你偏要谈，还是不谈吧，我们吃饭去吧。"

于大行道："我们在这里吃点番菜吧。"

谷云莺道："也好。"于是要了菜，默默地吃着。于大行简直吃不下去了，吃了两口便放下叉子。

谷云莺道："你怎么不吃了？"

于大行道："我不想吃，我不饿。"

谷云莺道："你方才说你饿了，这时怎么又不饿了呢？吃吧，别生气，吃完了我还有话呢。"

于大行简直摸不清她是什么意思，更不明白是怎么一回事。

吃完了饭，两个人又去看电影。于大行总想叫她说出她的意思，她只是不说，一边看电影，一边嘀咕。于大行这时想到家里太太还在等着，今天又回去晚了，何以对她呢？电影他简直没有看下去。好容易等到散场，于大行便要雇车。

谷云莺道："干吗雇车，你想早回家吗？噢，你的太太还在等着你，快回去吧，不然叫她伤心的。"

于大行道："你瞧，你老是这样说话，本来你说有话要同我说，结果这半天的工夫，你都没说了，可是说这种话。"

谷云莺道："你真想听我那句话吗？"

于大行道："这话问得多没意思，我要不是想听，我干吗这样着急？"

谷云莺道："好吧，你送我回去，我们一块儿走着，一边走着一边说，好不好？"

于大行遂答应了她，又送她回家。走在半道，于大行道："你说吧。"

谷云莺道："你别忙，等一等，我想想怎么说。"

于大行道："那还想什么？就是一句话，冲口而出不是吗？"

谷云莺道："没有那么容易，我得慢慢地想。"

于大行道："好吧，我等你慢慢地想。"说着，两个人便慢慢地走着。走了很远，谷云莺也没有说，她的心里正在想怎么说呢。于大行道："你倒是说呀！"

谷云莺道："我真纳闷，你这样聪明，竟会想不到我的话是什么。"

于大行道："你是不是另外有情人？你若有的话，你直接

47

对我说了，我倒没有痛苦，假如你怕我痛苦而不告诉我，以后叫我知道，那实在太难过了。所以我希望你直接对我说了，没关系，不爱我也没有什么。好在我们相爱的日子并不多，这时断了，也还容易，只要你同我说我也永远爱你，我绝不因为你不爱我而忘了你的。"

谷云莺一听，十分好笑，本来她不想再说，现在听到他这样表示，知道他已经想到旁处去了，遂点他一句道："我问你，我们两人准能永远不分离吗？"

于大行道："永远不分离，我敢发誓。"

谷云莺道："你倒真爱发誓，你先等等发誓，你先说一次我们两个人怎么才能永远不分离？"

于大行道："我们两个人老在一块儿，不就不分离了吗？"

谷云莺道："怎么能老在一块儿呢？"

于大行道："你天天去找我，咱们一块儿玩；到晚上我送你回家，咱们不就老在一块儿了吗？"

谷云莺道："可是我们终有分别呀，一会儿我进我的家，你回你的家，不仍是分离了吗？"

于大行道："那……"

谷云莺道："那什么？"

于大行明白了，遂道："这个不成问题，我明白你的意思了。你放心吧，我绝对有办法。"

谷云莺道："有什么办法呢？"

于大行道："我慢慢想着，反正我绝不辜负你的心。"

谷云莺道："你不是骗我吧？"

于大行道："我干吗骗你呢？"

谷云莺道："我看前途不容乐观。"

于大行道："你不必那样想，我准有办法。"

谷云莺道："好吧，慢慢再说吧。"

两个人一直回到家里，然后于大行回到自己家里。这时他的太太病了，躺在床上。于大行以为她故意不起来，十分有气，本来自己回来晚了，心里有愧，想回到家来，安慰她几句，谁知她却装样不起，于是把安慰她的心又变成了憎恶的心。同时又想到谷云莺的问题，完全因为她作梗，遂更加不喜欢她了。

他自言自语地道："这倒好，吃得饱睡得着。"

于太太一听，心里的难过就别提了。可是她仍然不能言语，她一说话，非得吵起来不可。一吵起来，二位老人就跟着累心，只有自己忍着吧。谁知于大行念叨没完了，每一句话都要刺着于太太的心里不好受，她难过极了，而不愿和于大行争辩。

于大行气哼哼地自己睡去了，于太太心里想：本来他这样对不起自己，自己也没有拦阻他自由，他应当安慰自己才对。现在他不但不安慰自己，反倒对自己这样无情，她难过，她伤心。想起结婚时，是如何的恩爱？本想依养终身，不料他又弃旧迎新。她一难过，病却更加重了，越加重而越挣扎干事，唯恐公婆说话，说她为了儿子的事而不干活儿。她是要脸的人，她一方面表示绝不因为丈夫无情而难过；另一方面还要更加精神。白天累了一天，把委屈都均在夜间发泄，一个人在被窝里哭。精神消耗过度，饮食不香，消化不良，病却更沉重起来。而于大行仍然天天在外边和谷云莺一块儿玩，丝毫没把太太放在心上。

这天，于太太实在起不来了，倒在床上呻吟，她头疼、四肢发冷，浑身都不合适。于老太太见儿媳妇病了，便叫她到医院去看病，于太太说："没有什么病，大概夜里着了凉，躺一会儿就好了。"

于老太太也以为她夜里起来给于大行开门，那样着了凉。等儿子回来，叫他给带服药一吃，发发汗，也许就好了。

到晚上于大行回来，回来就问吃什么晚饭，老妈子因为他这些日子总不回家吃晚饭，今天突然回来吃晚饭，当然没有富余，只得现给他做。于大行却等不了，仿佛他还有急事，有特别约会似的。老妈子被他催得手忙脚乱。

于大行叫于太太道："你出来帮助老妈子做饭，知道我这时候下班吃饭，为什么不给我做出来？你吃饱了一躺，倒会享福。"

于太太一听，怕婆母下厨房，只得自己勉强挣扎起来，头沉得老要躺下，四脚无力，眼睛冒金花，在床上坐了一会儿，这才挣扎着到厨房去做饭。

老妈子一看，忙道："哟，少奶奶，你躺着去吧，我一个人能做，别再累着您，您是病身子，可别出来呀，着了风更不

50

好了。"

于太太焉能听她的，勉强支持着，把菜做得，又回到自己屋里躺着，老妈子把菜端给于大行吃，他忙着吃了。

于老太太过来道："少奶奶病了，你明天给她带一服药来，像牛黄清心什么的吃了发发汗就许好了。"

于大行道："好吧，我这就去买。"

于老太太见儿子这样上心，非常欢喜。其实于大行不是给于太太买药，而是出去和谷云莺有约会，他急忙走了。于老太太还到儿媳屋里夸儿子，说儿子对媳妇很知疼爱，说买药，立刻就去买药。

于太太一听，心里明白，她知道于大行必定有约会，不然他不能回来就这样急着吃饭，他不是专为买药去的，他是借着买药的机会，又正好赴约会。不过老太太既然拿这话来安慰自己，自己也就只好点头称是。

这个药，一直等到夜里十二点还没买回来。老太太一看，心里也有点生气，生气儿子太胡闹了，可是她又不能说出来，唯恐一说出来，更增加儿媳妇难过。老太太也有老太太的心思。

于太太见于大行始终不回来，她更要表示没病的样子，表示不着急的样子。她说："您睡觉去吧，我休息一会儿就会好的，不必吃药。"

于老太太回到自己屋里之后，于太太的眼泪落下来了，孩子无情地哭，她也得挣扎服侍。

这时的于大行，果然正偎倚着谷云莺谈着情话。他是在谷云莺的家里，谷云莺的母亲和舅舅都上天津了，家里只剩下谷云莺带着老妈子，所以于大行接到谷云莺的电话，说她母亲上天津的消息，他马上回家吃饭，吃完饭就跑了来。

最近谷云莺和她的母亲犯了一点意见，在先是谷太太再三嘱咐谷云莺别得罪于大行，那个人可以利用，对自己实在有大帮助。后来见谷云莺和于大行亲近得厉害，又有点不放心，于是又劝她小心，不要太乱做，自己正是唱戏要强的时候，如果一坠入情网，很容易受影响。

谁知现在一劝，却劝不过来，谷云莺道："您叫我联络他，不叫得罪他的，现在您又叫我远着他，这是怎么一回事呢？"

谷太太道："我是劝你小心，现在男人没有好东西，我们只有利用他，不能叫他占了便宜，一叫他占了便宜，你就永远被他拿住了。"

谷云莺道："反正我自有把握，您就不用管了。唱戏我照旧唱，叫它不受影响，到时候给您挣钱，您就不必管别的了，您不是让我挣钱吗？并且我自己对于我自己的前途，我还不会注意吗？"

谷太太见她这样抢白，心里不高兴，但也无他法可想，自己能注意不好吗？后来见她每天总和于大行在一起，实在沉不住气了，她着实地对谷云莺说了好几句，谷云莺也干脆率直地承认爱于大行，母女两个吵了一回。事后还是谷云莺给她母亲赔罪，说绝不会把自己的前途牺牲了，请她放心。谷太太这才释然。但放心总还不能放心。今天她到天津去有事，把谷云莺一个人放在家里，谷云莺却把于大行约了来谈心，一直谈到深夜，于大行不愿意走，谷云莺也不愿放他走。不过于大行不能不回家的，他怕他的父母说他；谷云莺也不能不叫他走，她是怕她母亲回来说她。于是两个人在难舍难离的当儿，终是分别了。

于大行这时想起买药来，时间已经很晚，自己也不愿意多绕一个弯子，若是陪着谷云莺走路，绕上十个八个弯子都不觉累。给太太买药，便觉得累了。

第二天，于大行一早走了，于老太太过来问于太太吃了药怎么样，于太太说：“昨天他就没有买来。”

于老太太一听，实在替她难过，想到儿子如此荒唐，实在有劝诫的必要了，可是他每天回来得很晚，走得又特别早，自己总见不着他。若是叫儿媳妇同他说，又恐引起他们的勃豀，真是无法可想。老太太也急得要病了。

于太太看出老太太的着急来，自己越是病着，老太太是越着急的，可是叫自己病好，反而更加沉重。她总想勉强挣扎起来，高兴地做自己的事，也可使老人家安心。无奈自己有这心而无这力，越着急病越重。两三天水米不沾牙，孩子也由老妈子代管着。而于大行回来，看着于太太这样病着，他也不高兴。他并不是因为太太不能伺候他，而是觉得太太这样病，完全是因为生气难过而致，这种生气难过，是不愿自己在外边玩的缘故。所以她的病，也倒表示她不喜欢自己晚回来，有意反对自己的行动，有心妨碍自己的自由，这是极讨厌的事。自己每天晚回来，她不但不能干涉，并且绝不许不高兴，自己爱多晚回来便多晚回来。女人如何能干涉自己的事情？如果说自己对她变心，自己实在没有对她变心哪。就这样，也没有在外边住着一夜，哪天不回来睡觉呢？别人几天不回家的有的是，一个人娶几个太太的有的是，自己并未在外面住过，并没有和别的女人发生肉体关系，自己也并没有向她表示过要娶小太太，她何必这样不高兴？就每天晚回来这一会儿，她就不高兴地病了一场，将来自己假如又娶一个太太的时候，她还不觅死寻活的吗？男人不能叫女人拿下去，若不给她一个厉害，那自己的自由就完全被她剥夺尽了。

于大行是这样想着，所以对于太太丝毫不妥协，你越是这样，我越是晚回来，倒看你泡得过我，还是我泡得过你。

于大行这一泡，于太太更难过了，她想自己的病，不但引起老人的不安，并且还招于大行不乐意，不如自己先离开这个环境。这个环境，连病都病不得的，况且自己的病，若不迁到别处休养，恐怕也不容易好。固然死了也倒干净，但一时死不了，反而受罪。

于是她便叫老妈子把老太太请来，表示她要到医院里去休养，希望早日好了，早日做活儿，不然什么也干不了。

于老太太本来不愿意她住医院，以为她一住医院，和儿子一离开，感情更不好维持，儿子的心更没法收住。所以仍旧每天请大夫给她看病，并且安慰她说，干事不干事没关系，不要着急，好好把病养好了比什么都强。后来大夫总看不好，于太太一天比一天瘦，大夫也劝她住医院，说她这病全是从精神上得来的，换换地方，也就好了。老太太也怕她病重不易好，反倒麻烦了，遂答应她，送她到医院。遂雇了车子把于太太送到医院。

于太太娘家有个亲戚在医院里当护士，所以去了自有照应。她在未走之前，在家曾给于大行写了一封信，走时便留在桌上。那信是伏在床上写的。

在她住院的时候，于大行还不知道，在班上和谷云莺打电话。

谷云莺又唱了几回戏，很赚了一些钱，她的母亲看了自然喜欢，不过母亲总不放心谷云莺和于大行的亲近。固然，哪一次唱戏都仗着于大行的帮忙，才有这样的成绩，才能红起来。但是她太和于大行亲近，实在影响其他的收入。

许多捧角的见谷云莺红起来，都想拿钱供给她，给她买行头，约她吃饭。假如人家知道她爱了于大行，那别人就会退步了。人家花钱图的是什么呢？固然这样花钱的叫大头，但人家至少也须得着一点安慰才成，不然有这钱到哪儿买不出安慰来呢？再者她一缠着于大行，就耽误好多时间，人家找她的时候，她老不在家。叫她不理于大行吧，又怕伤了她的心，她不好好唱戏了，同时又不愿意得罪于大行。如果于大行有钱也可以，给自己千儿八百万的，自己有了养老费，也就随她去了。偏偏于大行又没有钱，这是谷云莺的母亲非常焦心的事。谷云莺这孩子也是一出手就碰上这么一个赖魔，唉，这都遂命。谷太太一认为命，就不大管谷云莺了，谷云莺于是更和于大行恋得一团火热。

他们今天又定在电影院看电影，看完电影，他又送她回家，然后他再返回自己的家。

他回到家里之后，见太太不在了，桌上留了一封信，打开一看，只见上面写道："我知道我的病态，会引起你的不快，所以我不能不离开可爱的孩子而住到医院里去，孩子是比他妈妈可爱的，请你多照顾一些吧。我的病源，聪明的你也许会知道。请你不要误会，我并不是嫉妒，我也不是限制你的高兴，我完全顾虑你的身体，你的身体近两年实在坏得不成样，再不好好保养，于你的前途，也实在有大影响。何况你所接近的，是不是值得你这样聚精会神地干呢？你的收入，赡养你的父母妻儿还不够，还叫你这样做无谓的消耗吗？男人不能得到满足的安慰，自不免名士风流的行为，我完全原谅你，因为我做不出那种谄媚的态度来哄你，我是爱你的，我爱你是在我的心里，我爱你在永远。自然，我这爱不值你一顾，但我痛心的是你所顾恋的人，未必能有我这样的真实的。大行，我的病不知能好不能，我可以自慰的是我已经把心身都交付于你，即或我死了，我总算是你的妻子。短短的一封信，我已写了好多天，再见吧，大行，我的薄情的丈夫。"

于大行看了，不禁凄然怔了半天，睡也睡不着了，躺在床上，翻来覆去地想，想到太太的可怜，又想到谷云莺的可爱。

哪一方面都不能舍，最好的方法叫太太和谷云莺双方互相了解，叫她们感情融洽起来。可是这又是一件极难的事，太太不会同自己出来，而带谷云莺到家里去又不可能。怎样能够叫她们彼此谅解呢？尽为了这个问题，想了一夜，也没想出一个好方法来，能做到的就是口头上的宣传。见了谷云莺，便说太太如何对她都爱好；见了太太，便说谷云莺如何喜欢她。这样说，或者能解释她们的敌视。

第二天一清早，于大行爬起来就上医院了，他还买了许多点心。他刚在问事处问于太太住几号病室，这时于太太的那娘家亲戚洪护士走出来，一眼看见于大行，便道："于先生，您这么早干吗来了？"

于大行道："洪小姐，早安，我来看她来了。"

洪小姐道："是于太太吗？"

于大行道："是呀。"

洪小姐道："我以为于先生是来看别人，您跟我来吧，难得您会有工夫来看于太太。"

于大行知道她这话里讽刺，但也不能辩白，只好一笑了之。来到于太太病室，洪小姐先敲了一下门，先走了进去，然后才叫于大行进来。

于太太一见于大行进来，心里说不出是什么滋味，对他默默无言。

于大行到切近，叫道："惠，你好些吗？"

于太太点了点头。于大行摸了摸她的头，还有一点儿热，他道："你好好休养吧，不要着急，家里的事，全有我呢。我从今天起，天天早回去。孩子还好，你不必惦念着，我都会好好管他，你养你的病吧。"

于太太没有言语，于大行又道："不必忧虑一切事，先把病养好再说。我天天来看你，你要什么自管言语，或是请洪小姐给我班上打电话，我即刻就来。过去的事，不必往心里记它，过去的已经过去了。"

于太太一听他这些话，心里安慰了好多，知道他对自己并没有完全冷却。她道："妈呢？别叫她着急，只要你能天天早回去，妈就少着急的，我的病好不好没有关系，你不要叫妈着急就好了。我若不是怕妈着急，我也不会病的。你去吧，班上的事不要耽误。"

于大行道："没关系，晚去一会儿不要紧，这是我刚买的点心，你要是不喜欢吃，明天我再给你买别的。"

于太太道："不要买了，我还不能吃这些东西，这院里对于饮食调理得很好，你把这点心带回家去，给妈妈吃也好。"

于大行道："我再另外买，这个先搁在这儿吧，大夫说你的病怎么样？"

于太太道："没有什么病，就是精神疲倦一些，多休养几天就好了。"

洪小姐在旁边道："只要于先生肯来看于太太，病就马上会好的。"

于大行道："我一定来看，我早晚准来两次。"

于太太道："公事忙就不必来的，你的身体也很要紧，你走吧，这里有洪姐陪着我一点也不寂寞。"

于大行向洪小姐鞠躬道："谢谢洪小姐多关照，出院一定请客。"

洪小姐道："干吗那么客气？您要有事您先请吧。"

于大行道："好吧，下班我再来看你，如果有什么事，请洪小姐给我打个电话就得。"说着握了太太的手，洪小姐转脸过去，于大行在于太太的脸上吻了一下，然后又吩咐她好好养病，又向洪小姐道谢，这才走去。

到了班上，他想到太太这样，非常难过，可是自己又有什么法子呢？谷云莺近来更热恋自己了，摆脱了她，也是不可能，这可怎样好呢？自己越想越着急，后来索性不想了，怎么想怎么没有办法，还是得过且过吧，到不可开交的时候再说。到时候牺牲一切，也就没法子了，但盼这两天谷云莺别找自己来，这两天先到医院看太太，等太太病好出院之后，再想法子。

到了下午，他直怕谷云莺打电话约他玩儿，虽然愿意同她玩儿，但是太太病着不能不去看。假如她这两天不来找自己玩儿，那么就可得机会看太太，不然还真为难呢。

正想着，听差前来说："于先生电话。"

于大行一听，皱了眉头问道："是男的是女的？"

听差道："女的。"

于大行无法，一边去接耳机，一边想着怎样支吾她少玩儿一天，可是又不能说看太太不能去，对她说家里有事，也没有什么的。想着，接下耳机说道："喂，莺吗？我是于大行呀。"

就听耳机里说："您是于先生？您别这么胡乱叫，我姓洪，我不是什么莺，您心里惦记什么呢？张口就是莺莺的。"

于大行窘极了，连忙说道："喂，您是洪小姐，我以为是一个同事的，因为那个同事说这时候给我打电话的。"

洪小姐道："嗬，同事的这么甜蜜，叫名字就叫一个字。不必辩了，谁也没问您。于太太叫我给您打电话，说柜子里有一匣糖，拿出来给孩子吃，别叫他哭。怕您不知道，所以告诉您一声。"

于大行道："好好，劳驾劳驾。"

洪小姐道："回头您来医院吗？"

于大行道："去的。"

洪小姐道："不要勉强，于太太并没有叫我请您。"

于大行道："我一定去的。"说着，挂了耳机。把公事略为整理，他想早些下班，不料刚要走，谷云莺又找他去了。

他一见，又是欢喜，又是苦恼。欢喜的是又跟谷云莺见面，苦恼的是又没工夫去看太太了。想了想，今天早些走，跟她玩一会儿，早点和她分别，就说家里有事，然后再去看太太。就说今天公事忙一点，下班晚了，如此两全其美，各不伤心。

他想得很好，便同谷云莺走出来。

谷云莺道："今天怎么没下班就走？"

于大行道："今天家里有点事。"

谷云莺道："那么你就回家吗？"

于大行道："我同你玩一会儿也成。"

谷云莺噘嘴道："玩一会儿多没劲，要玩就玩半夜，不然我回家了，你也回你的家吧。"

于大行招她道："别走，我舍不得你。"

谷云莺道："你不一定上哪儿去呢。"

于大行道："我真回家。"

谷云莺道："昨天我怎么没听你说家有事？"

于大行道："临时发生点儿事，方才家里给我打电话来。"

谷云莺道："这多别扭。"

于大行道："这有什么别扭的？"

谷云莺道："我叫你想主意你总不想主意。你看，家里有事，我们就不能在一块儿，要是有办法，不管哪儿有事，我们也可以一块儿去呀。"

于大行道："你别忙，过这两天我一定有办法。这两天家里有事，我不能不敷衍，把家里都敷衍好了，我们的事就好解决了。"

谷云莺道："真的吗？"

于大行道："我不冤你。"

谷云莺道："可是……我问你，你打算怎么解决？"

于大行道："反正我有办法，到时候我再对你说。"

谷云莺道："你，去，我就听天由命吧。"

于大行听了，十分难过，又忙安慰了她半天，说绝对有办法，这才把她哄欢喜了。然后和她分别，看着她一个人回家去，心里特别不好受，同时觉得自己欺骗了她，心里怎么也不舒服。他一边难过一边走向医院，好几回都想返回身来，找到谷云莺，向她忏悔，把哄她的话告诉她，以解自己良心上的痛苦，但究竟走向了医院。

　　于大行到了医院，见了于太太，便道："唉，今天公事特别忙，本来还来不了，我真着急，抽着空赶来的。"

　　于太太道："那就不必来了，还是公事要紧哪。况且你这样来回走，又花不少车钱，来到这里，也没有什么用。明天若是没有空儿，就不用来了，累着身体也不好呀。"

　　于大行道："我不来，你又该疑心了。"

　　于太太道："也无所疑心不疑心，我根本对你不疑心的，你爱怎么着怎么着，反正我已经姓于，我就绝不改姓，对你疑心不疑心，全没关系。不过我对你是一种忧虑，你错放了你的爱情，将来会受到什么打击。别的女人，未必像我这样忠实吧？我每天看你那不安的神情，有时笑说如狂，有时愁容满面，我真担心你的身体，像这样戕害下去实在危险。花钱还在其次，家里父母你不孝养，拿钱这样胡花，再把身体作践坏了，假如你老老实实再娶一房，也没人反对，只要你能够养活。我们也希望你娶一个能够过日子的，整天在家里伺候，或是陪你出去，一心一意地伴随着你，也没有什么。不过像你这样整天在外边跑，抛去父母妻子不管，于你自己的身体也没有好处，你这样聪明，难道还用别人来劝你吗？"

于大行一听，说不出来的感激，也没想到这事全能得到太太的谅解，她真是一个贤淑的女人，他这时反而说不出什么话来了。呆了半天，他不知拿什么话来安慰太太，只剩下感激。

于太太见他怔怔地不言语，遂道："没事你就回去吧，柜子里有糖，拿出来给宝贝吃，不要给他多了。"

于大行道："我没事，多等一会儿吧。"他想趁此机会明白地和她表示出来，但又怕她吃心，反而病重，还是等她病好再说吧，想罢便说道："你也不要着急，好好养病，一切问题，都不必往心里去，反正我不会牺牲我自己的。"

于太太道："反正得牺牲一个人。"

于大行忙道："不，谁也不能牺牲，你好好养病吧，一切事你都不必挂心，我一定按照你说的去做。"

于太太道："你吃饭了没有？"

于大行道："没有。"

于太太道："那你回去吃饭去吧。"于大行这才别了太太，回到家里，见了母亲，述说他上医院看太太的经过。于老太太听了，很为欢喜，以为儿媳这一病，倒把儿子管教过来了。

吃完了饭，于大行在家里无事可干，他每天在外玩惯了，偶然回家没有事，觉得闷得慌，他想这时候，还不如跟谷云莺一块儿去玩。可是已经回家来了，再去又太显着自己收不住心。待着又没劲，看书吧，翻了翻又看不下去，怎么办呢？睡觉吧？铺被子睡觉。

老妈子一见不由说道："啊，大爷，您今天怎么这么早就睡了？刚吃完饭也不消化消化？"

于大行道："睡觉就是消化。"

他躺在床上，想到谷云莺这件事既然得到太太的谅解，那么这事便有几分希望，以后只对付一头儿就成了。他又想到将来的圆满解决，不由心里一阵痛快，很快便睡着了。睡得挺香，为认识谷云莺以来睡得最香的一夜。

第二天来到班上，他想今天谷云莺若是打电话来，他可以和她说一说，告诉她已经有了办法，家中绝不反对。那么谷云莺听了，也必十分欢喜。

他想得挺好，谁知等了一天，谷云莺也没给他打电话，眼看着快下班了，她还不见来。于大行心里着了急，立刻给她写了一封信道："莺：我有紧事和你说，请快到班上来一趟。或是打个电话来也可，至盼！听你的回信，行。"写完，封好交给听差，叫他骑车送到谷云莺家，给他一千块钱脚力钱，候回信。听差见他给钱，自然愿意去。于大行在班上便等谷云莺的电话。

谁知去了好久，她的电话也没来，他以为一定来的。下班了，同事都相继回家，于大行还一个人在班上等着回信。

又等了一会儿，见听差回来了，忙问道："她这就来吧？"

听差道："不。"

于大行一听，冷了半截，忙问道："信交给她了吗？"

听差道："谷老板没在家，我把信放在她家里了，老妈子接进去的。"

于大行一听，这封信白送了，这一千块钱也白花了。自己没了指望，只有乘这机会到医院去一趟吧。

他出了门，雇车到医院。

刚刚坐上车，忽然听差在后边叫道："于先生！"

于大行回头道："什么事？"

听差跑来道："谷小姐来电话了，我说于先生刚出门，您先别挂，我追一趟看看，追着就请于先生给您回电话。"

于大行一听，一跃跳下车了，说道："先等一等。"便往里跑。跑到班上，拿过耳机，问道："喂，你是谁呀？"

谷云莺道："我是云莺呀，你刚走了吗？"

于大行道："我刚刚雇好了车，听差把我叫住，说你给我打电话来，你接到我的信了吧？"

谷云莺道："没有，什么信？"

于大行道："我刚叫听差给你家送一封信去，据说你没在家。"

谷云莺道："对啦，我很早就出来了，你写信有事吗？"

于大行道："有点事和你谈谈。"

谷云莺道："那么你雇车上哪儿？"

于大行道："打算回家。"

谷云莺道："你家的事完了吗？"

于大行道："没有事了，你在哪儿呢？"

谷云莺道："我在城外呢，你到咖啡馆等我一会儿，我现在就去的。"

于大行道:"好吧,我一定等你。"说完,把耳机挂上,高兴地走出门外。那车夫还在等着,于大行给了他五百块钱道:"我不去了,你做你买卖去。"

车夫一看,虽然没拉得买卖,但白得五百块钱,也就高兴而去。

于大行来到咖啡馆,等着谷云莺。于大行在咖啡馆里坐了一会儿,谷云莺就去了。

于大行道:"你上哪儿了?"

谷云莺道:"我出城了,我告诉你,我要到天津去。"

于大行道:"哪天去?"

谷云莺道:"大概就这几天。"

于大行道:"上天津干吗?"

谷云莺道:"唱戏去。"

于大行道:"干吗又想到天津去唱?"

谷云莺道:"人家来约了,我想这也是一个出路,这个道儿不能堵死的,所以答应了他们。"

于大行道:"唱几天呢?"

谷云莺道:"我就答应唱五天,因为北平这儿也要唱了。"

于大行道:"你上天津,都是谁跟你去呀?"

谷云莺道:"除了班底以外,没有人随我去,我母亲想随我去,可是……"

于大行道:"叫你母亲随着你去最好,我也放心。"

谷云莺道："你有什么不放心的?"

于大行道："我真舍不得你,你走了,我一个人同谁玩去?"

谷云莺道："你不会同我去?"

于大行道："我的事情怎么办?"

谷云莺道："你不会请几天假?"

于大行道："可是我对家里怎么说呢?"

谷云莺道："你就说上面派你去天津办点儿事。"

于大行一想,也对,遂道："好吧,我考虑一下。"

谷云莺道："你考虑什么?你要去你就去,你要不去我便叫我母亲去,你不用犹豫。"

于大行道："好吧,我一定去。我跟你说,你不是叫我想办法吗?"

谷云莺道："是呀,你想出来没有?"

于大行道："办法是想出来,可是我还不能说,告诉你,我现在已经一步一步实行我的办法,现在已经实行到第二步了。"

谷云莺道："那么一共有多少步?若还有三万六千步,这两步又算什么?"

于大行道："不,只有四步。"

谷云莺道："那么已经走了一半儿?"

于大行道："是的,已走一半儿,那两步再走过去,我们的事,便一切都可解决了。"

谷云莺道："还有哪两步？你说一说。"

于大行道："这两步非常难走，我暂时还不能说。"

谷云莺道："那么我们到天津说去好不好？"

于大行道："好极了。"

他们高兴地谈了一会儿，又叫了西菜吃了，然后又同去看电影。看完了电影，于大行又送她回家，自己这才回去。他今天心里有谱儿，知道太太不在家，回去晚了也没有关系。回到家里，父母已经睡着。

第二天一清早父母还没起，他就先起来了。到班上先吹风，说家里有事，得告几天假，上趟天津。回到家里来，又说上边派他去天津办事。双方信他以为实，家里还给他预备应带的东西。他又同他太太说上面派他到天津，大约几天就可以回来。于太太对于他的行动向来不干涉，所以上哪儿去也没有问清的必要。

过了两天，他先一天到天津去，在旅馆开了房间，第二天谷云莺全班也到了天津。谷云莺和于大行住在一起，吃过了晚饭，便到戏院去演戏，于大行坐在前排看着。他知道在天津唱戏比北平难，天津人难对付，丝毫不将就，北平听戏的，多少总给面子。他在台下替谷云莺提心吊胆，生怕她唱错了一点儿，不但以后在天津不好再唱，就是在别处唱也不容易了。

幸而谷云莺唱得没有错，不但没有错儿，而且还博得不少彩声。能够叫天津人捧，实在不容易，他替谷云莺暗暗庆贺，同时觉得她的天才太高了，一点勉强的地方都没有。

散戏之后于大行跑到后台，等谷云莺卸了装，两个人回到旅馆，又吃了点夜宵，然后在沐浴室里洗了澡。他们穿了睡衣，于大行躺在床上，谷云莺靠在沙发上。

于大行道："递我一支纸烟。"

谷云莺点着了一支纸烟，递给于大行，于大行仰面躺在床上。屋里暖气很暖，床也柔软，觉得非常舒适，不觉低声唱起来。

谷云莺想着今天在台上所得的彩声，哪个地方应当改，忽然于大行止住了唱，叫道："莺。"

谷云莺道："干吗？"

于大行道："你来，躺在床上，我们说一会儿话。"

谷云莺道："你说吧，你不是说还有两步没有办吗？哪两步，你说吧。"

于大行道："你躺下来，我们好好说。"

谷云莺便走过来，躺在于大行的身旁，说道："你说吧。"

于大行把纸烟往痰桶里一扔，然后和谷云莺躺在对面，说道："我问你，你是什么意思？"

谷云莺道："真奇怪，我还有什么意思？我的意思你不知道吗？"

于大行道："我知道你苦恼的，是因为我有太太。"

谷云莺道："我们现在打开天窗说亮话，你是不是想要我？"

于大行道："当然想要你。"

69

谷云莺道："你怎么样要我?"

于大行道："我要你就是要你，还怎样地要? 我不懂。"

谷云莺道："难道就那样说着要我吗?"

于大行道："不呀。"

谷云莺道："那么怎样要我呢?"

于大行道："你听着，我们两个人，住在一起永远不分离，一直到死。"

谷云莺道："能够办到吗?"

于大行道："这有什么办不到的?"

谷云莺道："那么我算是一个黑人哪?"

于大行道："你怎么算是黑人?"

谷云莺道："可不是，我究竟算是姓什么呀? 我这稀里糊涂一辈子?"

于大行道："那么你打算怎么办呢?"

谷云莺道："我既然跟你，我就得姓于。"

于大行道："姓于，当然姓于。"

谷云莺道："就这么一说姓于就成吗?"

于大行道："你打算怎么办?"

谷云莺道："其实我一点关系没有，怎么样都成。你知道，我的母亲并不是亲母亲。固然，这件事我若豁出死命来拼，她也不能奈何我的。但是我为争得这个脸面起见，我得有点儿成绩给她看，我不能落在人家话把底下，我嫁给有钱的当姨太太，甚至当三房四房，都没关系，我倒落在图财呀。我爱你当然不能站在钱上，完全是精神的，但是我母亲她不懂这个，她就知道人不图名就得图利，没有财，就是名誉上站得住，你知道吗？在我个人一点关系没有，做你的姨太太，也都没有什么，但需得到你家里的认可，将来我死了，埋在姓于的坟地里，绝不能埋在异地做个孤魂野鬼，我的最后目的就是在此。"

于大行道："我明白你的意思了，你是注重形式的，必然和我正式结婚，是不是？"

谷云莺道："按说我是一个唱戏的，和你结婚，按着封建思想，我是不配的……"

于大行道："不能这样说，现在这时代，不能有那样思想。即或现在还是封建时代，但我们也不应该有这种思想的。实在跟你说，假如我没有太太，一切都不成问题。"

谷云莺道："对呀，我们的困难都在此点。可是为我而叫你们离婚，我是不干的。听说你们夫妻很和美，被我搅散你们的家庭，那是多么大的罪恶？可是我是爱你的，我不愿意离开你，这怎么办呢？"

于大行想了想，觉得和自己太太离婚，家里允许不允许还在其次，而自己也没有理由和太太离婚呀。他想到前途的难关甚多，不由愁容满面。本来他当初和谷云莺接近，固然是爱她的缘故，但一半也是为了调剂生活的枯燥，没想到越爱越深，先是不能摆脱，现在是不愿摆脱了。这时如果谷云莺要摆脱自己，自己便会坠入苦恼中。能想到自己终于不能要谷云莺，虽然现在她在自己的身边，而终究是别人的人，这样美好的人儿，竟不能把握住吗？她就好像自己的心，她一离开自己，自己的心也就等于死了。他想到将来，他不由哭了。

谷云莺见他这难过的样子，自己也难过起来，不过她勉强振作，反而安慰他道："你不要难过，我早就知道有这么一天的。可是，我们并不是没有救的呀，我先听一听你所说已经实现了两步，那两步是什么？你坦白跟我说了，不要紧，不管是什么问题，我都不改变我爱你的心，你说吧。"说着，便用睡衣的袖子擦他的眼泪。

于大行见她这样安慰自己，心里便觉愉快好多，但同时又增加了自己的悲哀。唉，人生是这样矛盾，他道："我是这样想：如果你愿意同我在一起，我可以和家里商量好了，把你接到我家。你若是非注重到形式不可，那么可以保障你和我太太做两头为大。你也不算是我的姨太太，你就是我的太太，你看怎么样？这是我的实话，我不能不对你实说了，现在你已经问到这我儿。我的力量，就能办到此处。假如这样办不到，那么我可以抛去一切，同你到海角天涯。"

谷云莺道："好啦，你这个意思，在我是没有问题的，你的家里怎么样？"

于大行道："我没说已经办了两步了吗？家里和我的太太，都得了同意。"

谷云莺道："那么还欠两步？"

于大行道："那两步就看你和你的母亲了。"

谷云莺道："那么我可以告诉你，我是没有问题的。我的母亲即或反对时候，咱们也可以实行最后的办法，向外边一走，海角天涯。你的朋友很多，我有这一技之长，咱们怎样也混得出饭来。"

于大行一听，心里安慰极了，抱了她道："莺，我们永远不分离啊。"

谷云莺也依偎他的怀里，相偎了一会儿，于大行道："我们不是很顺利吗？我们并没有一点波折呀，我们干吗要苦恼呢？"

谷云莺道："谁说不是，苦恼都是我们自己找的，我们最好的方法，不顾一切走到天涯海角，不是一点苦恼也没有了吗？"

他们说得非常快意，这时精神疲倦上来，渐渐相依而眠。

第二天过了晌午，他们才起来，玩了一天，到晚上谷云莺又到戏院去唱戏。今天的成绩比昨天更好了。散戏之后，他们又一同到旅馆。

次日老早就有许多人在等候谷云莺，有戏班管事的，有拉胡琴的，有配角来对词句的，有新闻记者来作访问的，有戏院经理来请她继续演唱的……

他们起来，人全在客厅里已等了好多时候了。谷云莺吃完饭，有不识的转请相识的跟谷云莺说，请谷云莺吃饭。于大行一看，又是喜欢，又是忧虑，喜欢的是谷云莺已经成功，遂有了这许多捧角的，忧虑的是有这些豪富们来追求她，她容易把自己忘了的。

在吃晚饭的时候，谷云莺提到有人请她再唱几天，问他的意见如何。于大行希望她拒绝他们的请求，而回到北平去。他的理由是：一、适可而止，总要留有余味，将来唱着还更受欢迎；二、拒绝了他们，正表示自己的身价，不能叫他们小瞧；三、这些人都不是好人，全是拿金钱来玩弄着女人，一达到他们的目的，马上他们便把女人弃了，所以离他们远一点儿好。谷云莺答应了于大行的话，第三天唱完了戏，回到旅馆，便收拾行装。次日起来，便一同回到北平。

他们在天津旅馆住了三天，感情越发深厚，虽然他们并未发生超灵的关系，但是他们已经成了精神的夫妇了。

于大行回到家里，在快活中还带着一点惭愧，家里以为他是办事回来，也没有注意他。他心里惭愧，而外表还装作因公出外，实在无法的样子，他简直不愿意出门呢。

这时于太太已经出院在家里休养，他们照旧地快乐。

这时谷云莺回到家里免不了忙一阵子，每天总是座上客常满，谁不说谷老板这次上天津满载而归呀。内行外行都来看望。谷云莺的母亲见她挣回许多钱，买回许多东西，自然欢喜，虽然听她和于大行在天津住了三天，但谷云莺能把钱全数交到家里，也就不再管她。

过了两天，谷云莺的母亲又拿了钱出去倒把，家里又剩下谷云莺一个人。于大行找她来，坐了一会儿，因为他还有事，所以老早走了，谷云莺一个人无聊。正这时，电灯又灭了，洋火一时找不着，她不得不到街坊的屋里去借。街坊是夫妇两个人，都在教育界服务，他们姓白，白先生今天不回来，住在外边了。小孩子已睡了觉，光剩下白太太一个人，坐在炉子旁边的打毛线衣。她见谷云莺走进来，连忙让座。

谷云莺道："我不坐，我跟您寻根洋火。"

她们往时，并不互相来往。只是碰上点个头，有时也站着说几句，并不穿房过屋。谷云莺总以为人家是知识阶级的人，自己跟人家往来，怕人家瞧不起。

今天来借洋火，白太太也正寂寞，遂道："您也剩一个人了？"

谷云莺道："可不是？"

白太太道："没事这里坐一会儿谈谈。"说着，便给她搬过椅子。

谷云莺遂围炉坐下，她道："白太太没事吧？"

白太太道："我没有事，方才走的是于大行不是？"

谷云莺道："是的，您认识他吗？"

白太太说："他是很有名的，我常听说。今天怎么走得这么早？"

谷云莺道："今天他有点事，所以走得早。"

白太太道："听说于先生家里有太太，并且还有小孩儿，是吗？"

谷云莺道："对啦。"说完，叹了一口气。

本来白太太看出于大行和谷云莺的关系来，她不好明着问，她见谷云莺叹了一口气，知道这里大有文章，遂忙问道：

"谷小姐有什么不痛快的事吗？"

谷云莺道："唉，都是为了他。"

白太太道："为了于先生？那有什么不高兴的？"

谷云莺道："您是高明的人，我早想和您谈一谈，我有好多话要请教于您，老怕您不肯教我。今天您既然没事，我可以和您谈谈。"说着，便把她和于大行经过说了一遍。并且说到她母亲的意见如何反对，她说："我现在陷入于苦恼里面，我不知怎样做才好。我爱他，我不愿意离开他。可是我的母亲不赞成，因为他没有钱，而他又有太太，这真是难办。您对于这件事，有什么意见，请您不客气地告诉我，您觉得怎么办好？"

白太太道："依我的意思，一般女伶，差不多都嫁个有钱的人，而其结果大都不良，我以为嫁一个有钱的，不如嫁一个有志气的青年，穷倒没有关系，精神上是可得安慰的。不过您同于先生结合，也有遗憾，因于先生已经是有太太的人，有太太的人，不该再这样爱您。不过话也难说，爱情本来出乎自然，没有一切条件，没有一切顾忌的。但虽然这样说，我们究竟不能离开现实社会而生活。"

谷云莺道："我们想到不得已的时候，我们两个人一起脱离这个环境，而跑到别一个环境里去。"

白太太道："为爱情而牺牲一切，固然没有什么，但是您要知道，你们这样做了，要有多少人陷入苦恼中，甚至而牺牲生命。这样做，我总以为不大妥当，还是想个万全之策好些。"

谷云莺道："有什么万全之策呢？"

白太太道："我觉得你们前途不见了乐观，于大行果然能够和他太太离婚吗？"

谷云莺道："我倒不在乎他有太太没有，像我们唱戏的，根本没有做人家正太太的希望，凭什么资格做人家正太太呢？"

白太太道："您这样错误了，女子有职业，也是很好的，总比在家里做小姐强，现在一班人已经打倒唱戏是下贱的观念。"

谷云莺道："虽然那样说，可是人家说媳妇娶太太的，决不向唱戏的人里来找，人家都是找什么学校的，机关做事的。所以女人一唱戏，除非嫁给内行人，如果想嫁给外行人做正太太，不大可能。我同于大行，能够以精神相爱，气味相投，那真是前世的孽缘，在最不得已时，或者我只有一走，或是一死，也就全都净了。"

白太太道："千万不能有这种思想，我希望您还是理智些，把感情先维持平衡，不要过于冲动。人就好比木头，爱情就好比火，钻木能够生火，可是火大时，就把木头烧了。"

谷云莺一听，若有所悟。她默了半天。

白太太道："还是理智起来吧，感情用事究竟自己吃亏。"

谷云莺道："您说我怎么办好？"

白太太道："实在对不住，我不能给您拿主意，您自己做去吧，不过我希望您的眼光要远些，个人的利害先放一边，事业总是要紧的，同时老太太的心，也是不能不孝顺的，老太太就仗着您一个人来养活。如果您一走，老太太的生活怎么办呢？总还是想个万全的办法才好。"

谷云莺听了这话，沸腾的感情稍微平静一些。这时电灯亮了，谷云莺回到自己屋里，越想越不好受，这事怎么办呢？能够一举两得、三全其美吗？其实细想起来呢，只是一个问题解决了，其余便都解决，所谓困难，就是这一件事。这一件事就是有钱，假如于大行有钱，什么问题都没有了，天下事实在没有什么十全的，有钱的都不是自己爱的，自己所爱的，又没有钱。钱这个东西实在是人类的支配者，固然大多数女性是爱钱的，但自己虽是女伶，而不愿与别人同流合污，偏要爱没钱的于大行。

她知道于大行是没钱的，而于大行却在她的面前充作有钱的，他所挣的薪水，合在一处，都同谷云莺一块儿花了，家里他始终没有管。虽然他的家里不急于需要他的钱，但是现在钱不值钱的时候，家里过日子，并没有富余，眼看着他拿着几处的薪水，都同谷云莺花了，自然有些心疼。假如拿钱交了朋友，也不算什么，皆因这些花的实在得不着什么利益，而且准知道一个唱戏的，绝对看不起他这点薪水，就是他这样花法，而谷云莺并不觉得他有钱，这是环境使然。

谷云莺也知道于大行花的钱很多，并且也时常劝他节省，但每天他所花的，并没有使自己享受到更好的安慰，合算起来，自己所花的，也不在于大行之下，两个人平均拿钱，而于大行已经掏了很多的亏空，而他们还没够上花钱的标准，还落个没钱的。如果他们两个人都觉悟的话，两个人都得想办法

78

了，不能再这样恋下去，这样恋下去，实在没有乐观的。不过话也难说，既要尊重自己的个性，就不能受金钱支配的。恋爱不能受任何条件所拘束。

谷云莺翻来覆去地想，越想越没头绪。她想，明天再说吧。

第二天，她忽然想起一个办法来，觉得眼前有一道光明似的，她急忙去找于大行。

要问她想的是什么办法，且看下章。

第三章　一　丝　风

　　谷云莺想到她和于大行的事，越想越没头绪，忽然她想起这事的锁钥，完全在钱上，何不由钱上想主意？她想母亲所以不愿自己和于大行结婚，就因为他没有钱。假如结婚后，仍然养活她，仍然给她钱花，不也就可以了吗？假如自己结婚而抛弃母亲不管，这固然不好。但若结婚而不抛弃母亲，不就可以了吗？于大行没钱养活，我可以仍旧唱戏挣钱，把唱戏得来的钱都给母亲，即或不都给，自己再留下三成，也无不可。只要于大行答应结婚后还准她唱戏，这就没有问题。

　　她来到咖啡馆，给于大行打了一个电话，叫于大行即刻出来。

　　于大行正在忙着公事，谷云莺立逼着他非出来不可。于大行无法，只得把公事先搁在一边，托付了同事几句，匆匆来到咖啡馆。不过他这时手里没有钱了，他一想：坐在咖啡馆里，光吃点心喝咖啡，没有几千块钱办不到，自己钱不够了，遂不得不跟同事借。会计处已经支不出薪来，他把下月的薪水都支

80

用了，不好再支。本局同事有一个手里有几万块钱，他借了一万，拿着到咖啡馆。

见了谷云莺，问道："你有什么事？非叫我出来不可，我正忙着。"

谷云莺道："嗬，跟我拿这官派儿，你忙就忙去吧，我没有事。"

于大行道："别打哈哈，到底是什么事？"

谷云莺道："没告诉你吗？没事，我这时闷得慌，想把你叫出来，就像叫条子似的。"

于大行笑道："乖乖，你别开玩笑了，我还有公事没办完就出来了。"

谷云莺道："你若是不高兴，你可以回去办你的公事去。"

于大行道："得了，我陪你玩玩。"

谷云莺道："我不稀罕。"

于大行道："得啦乖乖，别生气了，我是这么一说，你就不答应。来，你还吃什么？"于是叫伙计又端来点心咖啡。

谷云莺道："我看你是一天挺快活的。"

于大行道："我一见了你，我就快活了。"

谷云莺道："我一见了你，我就恨。"

于大行纳闷道："怎么？"

谷云莺道："我恨你极了。"

于大行道："你恨我什么呢？我这样爱你。"

谷云莺道："你真爱我吗？你把我陷于苦恼里，我昨夜又

81

一宵没有睡。"

于大行道："乖乖，你干吗不睡呢？我怎么把你陷入于苦恼里？"

谷云莺道："你自己还不晓得吗？你想想看，你把人家陷在苦恼里，你倒快活起来，不管人家了。"

于大行道："我没有一时一刻忘掉你呀！"

谷云莺道："你光是不忘掉我又有什么用？"

于大行道："那，那，我不是说有办法吗？我的家里没有问题，就看你怎么样了？"

谷云莺道："我妈根本不愿意我嫁给你。"

于大行道："那么，那么你就听你母亲的吗？"

谷云莺道："怎么能够叫我不听呢？"

于大行颓然，伏在桌上不语，眼泪也要流出来。

谷云莺道："哼，真没出息，那么大个子原来光会哭。"

于大行道："唉，我就想到这一招的。"

谷云莺道："想到什么一招？"

于大行又不言语了。他们对坐了一会儿，谷云莺本想说她的意见，但于大行并不知道她的心事，所以就没有给她机会。默坐了一刻，于大行垂头丧气的，被谷云莺说没出息，他自己也觉得没出息，可是自己想有出息，也振作不起来，他难过，他舍不得谷云莺。

后来谷云莺忍不住了，遂道："你不是很聪明的吗？怎么这时候竟会想不出一点主意来？"

于大行道："我有什么主意？你已经不爱我了。"

谷云莺道："谁说我不爱你？"

于大行道："你不是刚表示的吗？"

谷云莺道："我并没有表示不爱你。"

于大行道："可是你说你不愿意违背你母亲的意思，你母亲不叫你爱我，不是就等于你不爱我了吗？"

谷云莺道："哼，这就是你的聪明吗？"

于大行道；"这不是明摆着的情形吗？"

谷云莺道："我问你，我母亲为什么不愿意我同你结婚？"

于大行道："我知道，因为我没有钱。"

谷云莺道："还是的，我母亲既然因为你没钱而不叫我同你结婚，可是有钱没钱与她有什么关系呢？"

于大行道："她所以养活你到这几岁，供给你学戏，不过是为了她老年的享受。她怕老年受苦，所以希望你嫁个有钱的，她得一笔财，养老善终，也就是为这个主意。"

谷云莺道："是呀，你这时是很聪明的，她的目的就是为老年不再受苦。她没有儿子，所以不得不倚仗着女儿养老送终了。那么你替我想想，我应当抛弃她不管，而和你结婚吗？你怎么拿这个就断定我不爱你？我现在脾气好多了，若是以前，我非要生气不可，你不是侮辱我吗？"

于大行道："我并不是侮辱你，你孝顺你的母亲是应该的，你孝顺你的母亲，当然就不能爱我了，这是事实，我并没有说你不爱我就是你的人格不好，我怎么会侮辱你了呢？"

谷云莺道："你没有侮辱，但是冤枉我了。"

于大行道："我怎么冤枉你了？"

谷云莺道："我也没说我不爱你呀。"

于大行道："你不必强辩，你不爱我也没有关系，不要不爱我还落个爱我的名儿，叫我搭情，我不干，我不是傻子。"

谷云莺笑道："你不是傻子，就是神经过敏，神经过敏就跟傻子一样。你本来有一种多疑的性情，可是这时你却不多疑了，你认真地看作我不爱你，所以你竟不往旁处去想了。"

于大行道："得了得了，我已经受够了，干脆你有什么话你跟我说得了，爱我不爱我全凭你一句话，你不必同我绕弯子。"

谷云莺道："你不愿意我绕弯子，可是我偏同你绕弯子，我问你，我母亲所以不叫我同你结婚，就怕将来到老受穷，是不是呢？"

于大行道："是呀，还是那一套。"

谷云莺道："可是你怎么不再往下想一步？"

于大行道："怎么想呢？"

谷云莺道："假如我嫁了你，而她能够养老送终，不也就不反对了吗？"

于大行想了想，这话很有理，但是自己哪里有钱呢？即或将来事业好了，挣钱多了，可以养活她母亲，但是她这时候不相信，不也没法子吗？

他道："我明白你的意思，可是我哪里有钱给她呢？即或

84

允许以后养活她，她不相信也没有办法。"

谷云莺道："只要你有把握，她就能相信，你有把握吗?"

于大行道："有把握。"

谷云莺道："那么你的发财的道儿在哪儿呢？你凭什么挣许多钱呢?"

于大行道："现在哪能预知?"

谷云莺道："我跟你说吧，我想出一个方法来。"

于大行忙道："什么方法?"

谷云莺道："只要结婚之后，我仍旧唱戏，不就可以了吗?"

于大行道："呀，对呀，你怎么不早说?"

谷云莺道："我母亲所以不叫我同你结婚，就是怕我不再唱戏，可是我照旧唱戏，照旧把钱给她，不也就可以了吗?"

于大行一听，不由大喜，说道："这样太好了，可是你母亲准能答应吗?"

谷云莺道："我想没问题，事已至此，不这样又有什么办法呢?"

于大行道："太好了，太好了！乖乖，我真爱你!"

谷云莺道："你就会这个。"

他们谈了一会儿，于大行高兴了，这时他觉得有点儿饿，也该到吃饭的时候，他估计这一万块钱，付了茶点后，就剩不多了，决不够吃一顿饭的，无法，只得说道："我们走吧。"

谷云莺道："忙什么?"

于大行道："我回家还有点事。"

谷云莺道："有什么事？"

于大行道："为我们的事也希望早点准备一下，我想回家就宣布一下去。"

谷云莺道："必得这时候吗？你还有什么约会？"

于大行道："我没有约会。"

谷云莺道："没有约会，为什么要离开我？"

于大行道："乖乖，不是我要离开你，我想……"

谷云莺道："你不用想，你既不是要离开我，你得同我玩。"

于大行道："怎么玩呢？"

谷云莺道："吃完饭再说。"

于大行一听吃饭，心里为了难，若坚决不吃饭，这也不像话；若同她吃饭呢，这个钱怎么办？不知她是否带着钱，恋爱真不是事，这个钱就花不起。吃饭就吃饭，吃完饭再说，这顿饭绝吃不舒服。遂叫了伙计来，要菜牌子要饭。

他道："我们今天取消小吃好不好？我不大饿。"他亏心说话。

谷云莺道："我饿了。"

于大行道："好，那么还要。"

于是要了菜，两个人吃着，吃完了一算账，于大行对伙计道："先记在柜上吧。"伙计因为他是熟客，而且又都是知名的人，所以答应叫柜上记上账了，于大行另外给伙计一千块钱小费。他一见能够记账，这一万块钱没用了，放下了心，这一万块还可以干一点儿别的。于是叫伙计叫车，雇到电影院，在电影院里又吃糖又吃糖葫芦。电影散了之后，又雇车把谷云莺送到家，然后自己又坐车回自己的家，这一万块钱，就剩不下多少钱了。

第二天是礼拜日，他一直睡到下午才起来，于太太说："爸爸等你半天了。"

于大行道："爸爸没走吗？"

于太太道："没有。"

于大行赶紧洗脸漱口，然后跑到上屋，见过父母。

于老头道："听说你近来同谷云莺挺好。"

于大行率直承认道："是的。"

于老头子道："你是什么意思呢？"

于大行道："没什么意思，只是她喜欢我，我喜欢她就是了。"

于老头子说道："你知道咱们家是什么样的门第不知道？"

于大行道："我知道，可是唱戏的也不见得怎么低，而且谷云莺的人格，尤其令我爱羡，您不要以为唱戏的都是下贱人。"

于老头子道："我明白，即或谷云莺神圣得了不得，你又打算怎么样？"

于大行无话可说了，他知道说什么也说不通，即或把谷云莺捧得天仙似的高，而且父亲也承认自己的话为对，可是绝不

87

能说出叫谷云莺做自己的姨太太，这事难办就在这儿。按守旧说，不该联络唱戏的；按摩登说，不应该娶姨太太。

如果说和谷云莺结婚，父亲也许不会反对，但若是提出和太太离婚来，那父亲非要痛加申斥不可，而且自己这话也说不出来呀。没想到还有这么麻烦的问题，当时都没有想到，可见天下事不管想得怎么周到，到时也有办不通的时候。

于老头子见他不语，遂道："我跟你说，你正在青年，我现在是老了，也干不了几年了，家里全要仗着你来支持。即或我们老两口你不管，我们自己也能生活，但是你的孩子一年比一年大了，并且将来还免不了有小孩，将来的教育费，你还不早点准备出来，难道将来叫他们捡煤渣去吗？常跟唱戏的联络，我也不拦着你，虽然跟她们联络并没好处，青年人容易堕落下去，但只要有把握，也还无碍，不过意义在哪里？如果说调剂精神，那么我们常看电影，常听听戏，也可以的，何必定要跟她们讲恋爱？跟她们讲恋爱有什么好处？近来看你是不像样，气色也不好，精神恍惚，这图什么来？而且有许多人跟我说，你在外边掏了很多亏空，家里不但不交钱，而且还要把你太太的东西拿出去卖。你自己想想，这样下去，还不闹得身败名裂吗？外边对你的批评太坏了，你还不知道吗？"

于大行道："他们都是不了解我的话。"

于老头道："那么我问你，你到底是什么意思？反正终得有个结局，不能就这样下去，是不是？"

于大行道："爸爸是什么意思呢？"

于老头子道："我的意思是叫你及早回头。你知道你不但结了婚，而且还有了孩子，难道你还要娶一个女人到家里来吗？你别看我年纪大了，但我并不顽固，我也看过小仲马的《茶花女》，大仲马虽然为了他的儿子而破坏他们的爱情，但到底造成一个悲剧。我当然不会那样煞风景，但是你要明白，你和小仲马的地位不同，你是已经有了太太的人了。同时你的事业还没有成功，血气未定，就要恋一个戏子。你不估计一下，你的精神、你的金钱、你的环境，允许你干这种恋爱的事吗？根本就不应当往这道上走，现在马上退转，还不算迟，非要等到山穷水尽、身败名裂，叫父亲都跟着难过，那你更加上一个不孝的罪名了。这时若是马上放下，和谷云莺断绝关系，就是谷云莺的家里，也要快活的。人家唱戏为什么？你占据了人家的青春，毁了人家的前途，你的罪有多么大呢？"

于大行道："但是我想她嫁一个贩卖的暴发户，也未必是她的幸福。"

于老头子道："固然这话不错，但是她若嫁你，我敢断定也不是她的幸福。不但不是她的幸福，而且是我们许多人的不安。你已经这样大了，当着你的太太，我也不十分责备你，一切由你自己去想。如果你非要这样干下去不可，我们老两口子没问题，我可以离开你，可是你的太太往哪里搁？你自己想想吧。"

于大行一听，真如冷水浇头，比吃冻柿子还凉了心。他难过，一切的幻想与希望完全打消了。

于老太太怕他们父子说岔了，老头子动起脾气来，所以在旁边听着。她见老头子心平气和地对他说了一大篇，又见于大行也不言语，遂对于太太道："你去给他做饭去吧。"

于大行这才别了父母，走回自己的屋里。他一边吃着饭，一边想着：这件事真麻烦，本来希望还很大，结果全成泡影。这一来，何以对谷云莺一片心呢？他的饭也吃不下去了。

于太太在旁边看着，又替他难过，又十分生气，遂道："假如你能听爸爸的话，我想大家会快活过下去，今天爸没有动气的样子对你说，实在给你好大面子呢。"

于大行不言语，低头思想，如何对谷云莺说。

于太太道："爸说得很对，一个唱戏的……"

于大行言道："去，不要说了。"

于太太道："你瞧，我跟你说好话。"

于大行道："我不听。"

于太太见他这神气，只得离开了他。

他吃完饭，穿了大衣就出去了。他是想找谷云莺，可是又不愿到她家里去，因为他不愿见她的母亲，他只有给她打电话。

谷云莺接了电话，他道："你出来呀，我在咖啡馆等着你呢。"

谷云莺道："我不出去了，你上我这儿不好？"

于大行道："你母亲在家吗？"

谷云莺道："没在家，你来吧。"

于大行答应着："好吧。"他挂上了耳机，连忙到她家去。

于大行来到谷云莺家，一看门前放着几辆自用车，车上都有毯子等物，他很奇怪，这都是谁来了呢？他一直走进来，走进院里叫道："云莺。"

屋里声音很乱，似乎没有听见他的声音，他一边往屋里走，一边又叫道："云莺。"

谷云莺从里边迎出来道："快来吧，冷不冷呀？"

于大行道："不冷，可是今天天气是够冷的了。"说着，脱了大衣，谷云莺给他拿到屋里。

于大行一看，屋里好几个人，正在推牌九，谷云莺道："你来不来？我给你介绍一下。"于是便给于大行引见一番，什么李五爷、刘六爷、张三爷……于大行都记不清谁跟谁了。这些人略和他寒暄一阵，便又接着赌起来，在这场合里，他们有点看不起于大行。

于大行见他们几万几十万地赌，自己也比不上人家，他只有旁边看着，而看着又没兴趣，都不认识，给谁使劲呢？再者跑到这里，不下几注，也不好看，下几注，自己腰里只有几千块钱，不够人家下一注的呢。

他后悔了，后悔不该来，他怨谷云莺为何把他叫来，他十分不满意。同时他看着谷云莺那样应酬他们，尤不乐意，她竟和他们赌在一起，不管自己了，到底有钱比没有钱强多了。他想起父亲教训自己的话，当时并不悔过，可是现在知道父亲的话不错了。

91

他虽然这样想，可是心里到底是难过的。他要走，又舍不得走，不走又没劲，一个人坐在沙发上，一连吸了三支烟，也没想出一个主意来。

这时刘六爷推了一把，这一把是有好几十万，大家喧嚷起来。谷云莺也跟着嚷道："赢这么些个，分分！"

刘六爷连数也不数，推了一大堆票子，说道："这是你的，你愿意推呀，是愿意压呀？"

谷云莺道："你挨骂。"大家笑起来。

于大行先还莫名其妙，后来才知道"推"和"压"都不是好字眼，他不觉更难堪了，觉得谷云莺还是爱有钱的。他一生气，站了起来，往外就走。

谷云莺一眼看见了他便叫道："大行，你干吗去？"

于大行道："我回家。"

谷云莺道："你来会儿好不好？这儿有钱。"

于大行道："不来，回见。"

用人家的钱来耍，那算什么好看呢？他走了出来。

谷云莺道："明天来呀。"她知道于大行跟他们处不到一块儿，所以也不再拦阻他，而且她又觉得他是自己人，所以不送他，他也不会挑眼的。

于大行走出大门之后，见谷云莺并没有送自己出来，更觉她就是看上了有钱的人。于是他以为谷云莺虽然有思想，但也是口头上的，实际她也是爱有钱的，仍然是不纯洁的。其实他不知谷云莺的心理，谷云莺和他们在一起，并不感到怎样快活，就是因为有钱，所以不得不应酬。母亲是最欢迎他们，谷云莺也是为应酬他们，耍耍钱，抽几万块钱的头儿，给母亲花，叫母亲欢心。同时和于大行在一起玩，也可以有钱花了。昨天吃饭，是他记的账，她明知他是没钱的，不愿叫他那样花钱，而又愿意和他在一处玩，所以她不能不联络这娇贵人，多抽些头儿，她是没办法的。于大行错会了谷云莺的心，他负气而去，谷云莺一点儿也不知道。

于大行走出来，一想到哪里去呢？今天礼拜不办公，上咖啡馆一个人待着没意思，上电影院一个人去也没劲，而且遇到朋友，看着以前上电影院总是两个人，今天却一个人了，一定是失恋了吧。

他越想越不好，就是在街上走，一个人也不好看，两个人走惯了，一个人走着也无聊。结果还是回家。回到家里，无精打采地往床上一躺，家里人看他每天总是在外边跑，一直到夜里才回来，今天他父亲说了他一顿，居然回来得这么早，大概是悔过自新了。倘若真的回头，那是很可贵的。浪子回头金都不换。

于老太太暗示给儿媳妇，叫媳妇多同他谈谈话，免得他寂寞。他既然不出去了，就得叫他得到家庭的安慰，这才能拢住男人的心。做媳妇不但能吃苦耐劳，操持洗作才算媳妇，最要紧的还得抓得住男人的心。许多老实女人，只图老实干活儿，不愿对丈夫表示风情，这也是失败的地方。于老太太述说她从前对于老头子的心，真是用尽了，要不然于老头子非得纳妾不可的。

于太太听了婆婆的话，想到自己对于丈夫，并不是没有爱情的，只是不肯那么露骨地表示就是了，她以为爱应当在心里，但男人多喜欢外表的爱的。

于太太抱着孩子，来到自己屋里。于大行躺在床上，思索谷云莺的事，他翻来覆去地想，想到谷云莺爱自己的地方，和谷云莺不爱自己的地方，他回来一比较，简直摸不清谷云莺是不是爱自己。他又想丢下也好，然又舍不得。不是舍不得，觉得自己被弃，实在不能堪。即或散了，最低限度也应由自己做主动。这是一种报复心理，实际上，他仍然弃不掉的。

他正想着，于太太抱着小宝宝进来说道："你不是想爸吗？爸躺着呢，快去找他去。"

于大行道："不要找我，我不要。"

于太太一听，知道他脑子里一定在想事，因为他平时写什么稿子或是思虑的时候，总不喜欢人家同他说话。他现在一定正想着事，一定是谷云莺的事。如果他想别的事，自己也就不打搅他，他一想谷云莺的事，那是增加他的苦恼的，遂道："大丈夫做事，应当拿得起来放得下。"

于大行惊道："你说什么？"

于太太道："我说所谓放得下，是在拿着的时候放下，才是大丈夫。如果已经不在手里，而说放下，那不叫作放下，那也就不是大丈夫。"

于大行道："你说我放不下吗？"

于太太道："我不是说你放不下，我是要你合理地放下，如果不合理，仍然不叫大丈夫。"于太太是怕他误会，而把家庭和太太放下，那可就更糟了。

于大行笑道："什么叫合理不合理，你也跟我来这套。我现在不是放得下放不下的问题，我现在要顾虑的是如果放下的问题。"

于太太道："那还有什么考虑的，我不是说嘛，只要合理就得。"

于大行道："可是，这回我想来个不合理的。"

于太太一听，不免吃一惊问道："怎么不合理呢？"

于大行道："我要报复。"

于太太道："报复？怎么报复？谁又给了你什么痛苦？"

于大行道："痛苦是没有，不过我觉得受了欺骗。"

于太太道："受了什么欺骗？是谷云莺欺骗了你？"

于大行道："不要提了，反正我有我的主意。"

于太太道："不管你有主意没主意，我希望你即刻放了，完全抛到心外去，这才是真正放下。如果这里含着别的作用，那不叫真正放下。"

于大行道："那样放下我心里不甘。"

于太太道："根本是你拿起来的，再由你放下，这又有什么不甘呢？"

于大行道："假如对我不忠实，便是损坏我的尊严。"

于太太道："你先对人不忠实的，还能埋怨人对你不忠实吗?"

于大行道:"我怎么对她不忠实呢?"

于太太道:"你不是对她不忠实,就是对我不忠实,你先做了不忠实的人,所以人家对你不忠实,正是一报还一报,无话可说的。假如你这时气愤,非报复不可,那么我将如何呢?"

这几句话把于大行说回去了,他一声不语。

于太太又道:"她对你不忠实,你不必管,将来自会有人对她不忠实,这是丝毫不爽的,你等着得了。"

于大行叹了一口气,于太太道:"你同孩子玩一会儿,我沏茶去。"说着把孩子交给他,为是叫他少用脑子,转换他的思虑。

于大行接过孩子来,说道:"叫爸。"

孩子叫道:"爸。"

于大行道:"你想爸不想?"

孩子道:"想。"

于大行道:"好宝宝,你哪儿想我?"

宝宝便用他的小手拍他的心口,于大行笑道:"宝宝真乖呀。"说着,便在他的小脸蛋上吻个不住,他觉得他的儿子真可爱。以前他不大注意,对于孩子总有点儿厌烦,今天不知为了什么,忽然觉得儿子好玩起来,这简直是一个活的玩具。他的感情竟激动起来,他爱他的儿子了,他越看越有意思,越看越可爱。他同他的儿子在床上玩起来,父子两个人玩得真热闹,又说又笑,好宝宝骑在他爸爸身上,当作马骑。于大行这时候竟仿佛像个孩子似的，天真地和好宝宝一起玩耍，把谷云莺的心暂时忘掉了。

那屋老太太和于太太暗笑，一会儿于太太把茶沏好，给婆婆倒了一碗，把茶端到自己屋里来，说道："沏上茶了，喝呀。"

于大行自吃完午饭非常口渴，在谷云莺家里没有喝，这时又同孩子闹了半天，口也渴了，端起茶来喝，喝得非常香甜。这时他觉得在外不得吃不得喝，真没有在家里喝这碗茶香。

喝完了茶，想看看书，遂对于太太道："你给我找本小说。"

于太太跑到书架上，来回地找小说，其实小说很多，她是找一本正恰和于大行的事情，叫他看了能够心回意转，立时放下。可是找了半天，也没有一本对他合适的。《茶花女》的故事倒是很好，但叫他看了，反更增加他对于谷云莺的爱恋。真奇怪，这些小说，为何一本同情于太太的没有呢？

她正找着，于大行道："怎么找本小说这么困难？"

于太太道："我得找本有意思的。"

于大行道："什么有意思没意思？什么都成。"

于太太道："小说你都看过，最好看点别的。"

于大行道："别的也成，这里书没有什么可看的，你到爸屋里找本去。"

于太太便到老头子屋里。到那里一看，尽是佛经，她想着这个最有益处，遂拿了一本佛经，回到自己屋里，递给于大行。

于大行一看，是本《楞严经》，他道："你怎么给我这书看？"

于太太道："这书太好了，爸天天念得很高兴呢，爸常说，看这书才能得益。"

于大行道："看这书不能躺在床上看，多别扭。"

于太太道："你就坐在那里看也没有什么呀。"

于大行遂把经放在桌子上，打开读起来，读了几篇，怎么也不懂，他又交给于太太道："给你吧，我看不懂。"

于太太道："不管懂不懂，你就念着不成吗？"

于大行道："不成，我念不下去。"

于太太道："你是没有福气呀。"

于大行道："没福气就没福气吧，你给我换一本容易懂的。"

于太太道："干脆你自己找去吧，我也不知道哪本好懂哪本不好懂。"

于大行遂自己去了。到了父亲屋里，看见佛经很多，他便一本一本地翻着看，念着不懂，便放下又换别的。一会儿的工夫，换了很多的书，没有一本容易懂的。别看他一本没有看，就是他每一本念几句，他的"福气"就增加起来，不知不觉地在那里就两个多钟头。于太太和老太太也不叫他，愿意他这么念下去，也不知念的是什么。

一会儿工夫，架上的佛经翻了不少了，他道："怎么没一本念着顺嘴的?"

这时候老头子回来了，一听自己屋里有人念经，便问是谁。于老太太对他传答道："大行念呢，他念了两个多钟头了。"老头子点头，走了进去。

于老头子果然看见于大行在看佛经，便走了过来说道："你看什么呢?"

于大行见父亲回来，连忙把书放下道："我想找本佛经看，但总看不下去，什么空即是色，色即是空，我不明白是怎么一回事。"

于老头子道："这也难怪你看不懂，现在我先给你说一说吧，你明白了大概，然后再看，就容易懂了。若是讲经的话，那就太麻烦了，并且仍然是不好懂的，所谓不作世法而证佛法，我还是先讲科学吧。科学你当然懂得了，如果用世法作譬喻，那容易了解得多。所谓色并不是颜色的色，说新名词就是物质，色即是空，就是说一切物质都是空的。这你大概不大明白，怎么一切东西我们看得真真的，如何会是空的呢? 这个如果用生灭无常的话来解释，恐怕你仍然是不了解，现在我们先说物质，物质是什么组织成的?"

于大行道："是分子组织成的。"

于老头子道："不错，一切物质都是分子组织成的，人的细胞也是如此了，这么一说，人和万物都是分子组成，原没什么两样。我们再看，分子的体积有多么大? 你看那做活儿的顶针没有? 上面不是有好多凹的小坑儿吗? 假如你们取一点水，装满了顶针的小坑儿，假设我们把那小坑儿水，放大到地球这般大，那么分子只有足球这么大，足球在地球上，相差有多少倍呢，你看这是多么奇怪，那一点水竟是分子和空间组织成的。这时我们再看分子的构造，分子是原子与空间构造的，一个分子里面，也有一个原子的，也有数个数十个的，人类的血液多到一千九百个，我们再看原子是什么构成的呢？原子是电子和空间构成的，而原子有多大呢？假如我们把原子放大到屋子这么大，电子也就有微尘这么大。一个原子里有几个电子，就如同一间屋里有几个微尘一样。那么这间屋子不就等于空的吗？我们再看电子是什么呢？电子乃是电气的积体。结局就等于说，电子全无质量，并非物质，只是一个装好了电的电积，悬在空间，它只是一个几何学上的点，其中并无物体。这样一说，原子就是空的了，什么都没有了。原子既是空的，其所组成的分子，当然也是空的了，也是什么也没有了。分子既是空的，那么分子所构成的物质，不就是空的了吗？佛说色即是空，这不是很合乎科学吗？我们再往下研究，物质既是空的，我们怎么能够看见种种色相呢？我们可以回答说，我们有那'能看'的眼睛。可是一切色相即空，眼睛当然也是空的了，按科学说，眼睛也是空的电子组织成的，那眼睛怎么会能够看见呢？这个道理，佛在两千九百年前就说过了，所谓色不是空，空不是色，色即是空，空即是色，受、想、行、识，亦复如是。是故空中无色，无受想行识，无眼耳鼻舌身意，无意声香味触法，无眼界，乃至无意识界，无无明，亦无无明尽。这些话，你就可以懂得了。"

于大行醒悟道："那么一切皆空了？"

于老头子道："也不，这是小乘所谓之空的真理，大乘则谓非有而有，非空而空，其有，全空而为有；其空，全有而为空，譬如眼根，对色相生眼识，此眼识从眼根生呢？从色相生呢？要明白这个道理，你自己再去看佛经好了。现在我告诉你，明白这个道理有什么用呢？须知人的苦恼，都生于贪嗔痴爱，假如没有贪嗔痴爱，一切苦恼都没有了。"

这时老妈子走进来道："你喝碗茶吧。"于老头子遂接过茶碗，于大行也就退了出来。回到自己屋里，他想到谷云莺，心里总还不能释然，不过报复的心理是没有了。而且他也觉得自己豁达了好多，不那么固执地相信谷云莺了。

第二天去上班，一边办着公一边想着谷云莺。爱情这个东西，真是神秘极了，以前自己总以为非常有把握，绝对不能叫女人拿着自己的心，就是和谷云莺最初相识，也不过是调剂调剂生活，并没有想到弄到现在这般热。即或想到弄到这样热烈，但也没有想到竟会摆脱不了。不但摆脱不了，而且还深深地印在心坎，不愿放弃。以前朋友们劝自己不要这样热恋谷云莺，将来非要苦恼不可，自己那时觉得朋友的话太过虑了，可是现在自己竟真的看到苦恼上来。

他的公事也办不下去了，一边想着色即是空，一边谷云莺的影子不断在脑子里盘旋着，这是多么矛盾！他还希望谷云莺找自己来，即或给自己打电话。但是谷云莺并没有来，他失望到底了，精神非常颓唐，强和同事做笑容。他不愿意叫人家知道他失恋，因为叫人知道他失恋，就容易给人家做话把儿，叫人家说："怎么样？劝你别往下干，你不听，现在如何？"露出一种讥讽嘲笑的样子，那就更难堪了。情场上的苦痛，这也是一种啊！他怕他失去了自尊心，他以前总说自己如何有把握，现在落在人家话把儿底下，实在难以对人。他强作欢笑。

同事问道："怎么谷老板没来？"

于大行苦笑道："她有点不舒服。"

同事道："昨天我还看见谷老板同着许多人进到饭馆去了。"

于大行一听，更觉难受。于大行听到同事这么说，想到谷云莺一定变心了，她本来不会爱自己，即或爱自己是真的，但是他见了那些有钱的，一定把自己忘了。

他越想越生气，而表面还得做出毫无痛苦的样子，这才是真正的痛苦呢。

下班回到家，有些无聊，吃饭还得等很久，这时候干什么呢？佛经是看不下去，不用说佛经，就是小说等类的书，都是看不下去的。他想：还是找朋友谈天去吧，和朋友谈天，颇能解除忧闷。可是朋友却都问："你怎么不同谷云莺去玩？却有工夫找朋友谈天来呢？你们热恋的时候不理朋友，失恋却找朋友来了。"这些话多叫自己难堪呢？恋爱真不是事，因为还有这些复杂问题。

后来想到有一个朋友，和自己最相投，平常他很劝自己，他的见解也比别人高一筹，何不找他谈谈去？想罢，便对于太太道："我去找何其仁聊会子去。"

于太太也知道何其仁是于大行的好朋友，又知道他是一时在家待不住，找朋友谈谈天，倒也不错，遂道："做你的饭不做呀？"

于大行道："做出来吧，我一会儿就回来，不必等我，回来赶上就一块儿吃，赶不上便给我留着。"说着走了，找到何其仁。

何其仁正在家里抱孩子玩，见于大行来了，连忙让座，于大行道："你倒是老这样快乐？"

何其仁道："你是有快乐不享受，自找苦恼，你看你的家庭比我好得多，你的父亲弟兄，都能挣钱，收入很多，生活不急需你的帮助，你自己挣钱自己花。同时你的太太也不错，又贤淑漂亮，你的孩子也好玩，人生有你这样的家庭，还要何求？你自己的快乐不去享，却在外边找苦恼。"

于大行道："我自己也知道，可是不知怎么就会迷上外道，现在摆脱真不易。"

何其仁道："恋爱就如同嗜好，有时比嗜好还厉害。恋上之后，非受最大打击是不会摆脱的，别人怎么劝也不成。所以我现在也不劝你了，反正到时候你自己回头，比劝有力量得多。"

于大行道："我现在真想摆脱了，你给我出个主意，怎样才没有痛苦？"

何其仁道："若说一点痛苦没有，那不可能，比方摔一个茶碗，仍不免有点顾惜，何况一个人呢？最要紧的是双方都有痛苦，茶碗是没有感情的，它碎了只是人一方面有痛苦，若是活人分别，那痛苦是双方的，即或自己有美妻爱子可以转变自己的感情，但对方的痛苦所引起来的痛苦，却是不可免的了。我们又不是那种拆白党，弃了毫无顾惜，她自杀也不管。我们就不成，假如我们一见到对方的悲哀，我们就有一种不忍的心，所以打算没有这种痛苦，那就只有别走这条道儿。若想在良心上过得去，也有一种办法。"

于大行道："什么办法？"

何其仁道："就是叫对方先放弃你，叫她先不爱你，你的痛苦就小一点儿。"

于大行道："不，她不爱我，我的痛苦不更大？"

何其仁道："所以你还不明白这个道理，你非得这样想：她不爱你，你是痛苦的，但她若爱你而又不能同你结合时，岂不痛苦更大？况且她不爱你，痛苦在你一个人身上，她若爱你，痛苦在两个人身上，她又有痛苦，你也加倍痛苦，所以想减少痛苦，还是叫她不爱你好一点儿。这是良心上少受痛苦的法子。"

于大行明白了，觉得谷云莺不爱自己，倒是一个好机会。倘若她爱自己，自己不能娶她，看父亲那天的神气，是不会允许同她结合，那痛苦不是更大了吗？这样散了也好，虽然自己有些气愤，但自己良心上是舒服的。何其仁到底是高，今天若不听他这几句话，自己还想报复。即或报复了，她又痛苦起来，自己能够舒坦吗？这样岂不辗转终无止境？自己吃点苦吃点苦吧。

他想到这里，忽然又想到另一个问题，他道："你说叫她不爱我，用什么方法呢？"

何其仁道："这方法多得很，你看她爱你是哪一点，你就极力掩蔽你这个优点，而极力铺张你的弱点，让她自己觉得你不可爱了。譬如她爱你的钱，你却极力表示吝啬的样子，而且表示穷窘得不得了，她就渐渐不再找你了。譬如她爱你的漂亮，你和她约会时，老不刮胡子，穿也不穿好的，头发也不拢，她自然就不愿和你一块儿玩了。这个方法是很容易，但是非常难做，有了情人的约会，总想刮胡子，和她在一起玩，就不愿意表示自己没钱，人轻易不肯把弱点表示给人家，所以摆脱却相当的困难了。"

于大行一听，何其仁说的话很有道理，他道："你的经验很丰富啊！"

何其仁道："这不是经验，这是很浅显的道理，而人家也知道，他就不肯这样做就是了。未恋爱的时候，说得明白极了，不必你劝他，他那一套比你说得还到底，等到恋爱的时候，就不由自己了。别看你这时能领略我的话，但是你一见到谷云莺，立刻就能把我的话忘了的。"

于大行道："绝不能够，你瞧着吧。"

何其仁笑了笑道："瞧着。"

他们说了一会儿，何其仁要做饭了，留于大行吃饭。于大行道："我家给我做着富余的呢，我该回去了，回去正合适。"说着他别了何其仁走了出来。

一边往家走着一边想："何其仁说得很有理，今天听了他的话，心里痛快了好多。"

他正走着，忽然迎面来了一辆车，他一看，车上坐的正是谷云莺，他当时不知怎么好了。他仍旧走着。

谷云莺十分纳闷，叫道："大行。"

于大行站住了，心里又有一点快活。

谷云莺道："你上哪里去?"

于大行道："我回家。"

谷云莺跳下车来，说道："你怎么见着我不理我? 你是不想理我了吗?"

于大行道："没有呀，是你不理我呢。"

谷云莺道："我怎么不理你了? 你知道我上哪儿去了?"

于大行道："你上哪儿去了?"

谷云莺道："我找你去了。"

于大行道："找我去了? 上哪儿找我去了?"

谷云莺道："到班上找你去了，说你刚走，我想你也许到咖啡馆去坐，我就又到咖啡馆，在那里坐了半天，一个人多无聊，我才回家来。"

于大行一听，心里立刻欢喜了，说道："真的吗?"

谷云莺生气道："你爱信不信，我走了。"说着，跳上车去就要走。

于大行连忙把她扯下来道："别生气，咱们还是回咖啡馆去。"

谷云莺道："我不回去了。"

于大行道："咱们吃小馆去吧，我还有许多话要说呢。"

谷云莺这才答应，于大行遂又叫了一辆车，雇到单牌楼一个小食堂吃饭。

一边吃一边谈着，谷云莺道："你这两天干什么呢？"

于大行道："什么也没干，在家里熬睡。"

谷云莺道："干吗熬睡？是怎么不痛快了吗？"

于大行道："有一点儿不痛快。"

谷云莺道："为什么不痛快？"

于大行道："不为什么。我问你，昨天晚上你上哪儿了？"

谷云莺道："昨天？昨天他们不是在我家里推牌九吗？后来马五爷赢了，他请客，大家一块儿到长安街吃涮锅子去了。吃完又到我家推了一夜。"

于大行道："他们这些人，群居终日，就知道囤积倒把，坑害别人，跟他们联络，多么不好。"

谷云莺道："这都是我母亲约来的，不过是为抽点儿头钱，昨天一夜，抽了十万多块钱的头儿，这我母亲乐了。"

于大行道："可是叫他们这样开玩笑，简直是侮辱。"

谷云莺道："这不是为了你吗？"

于大行道："怎么是为了我？"

107

谷云莺道："你想呀，因为你，我才哄着我的母亲，因为哄着我的母亲，所以我敷衍他们呀。你就是为这个不痛快呀，我知道你昨天一走，就是不痛快的表现，所以我今天刚睡了一会儿，就起来找你，瞧你，立刻就不理人了，德行！"

于大行笑了，他道："乖乖，我这两天非常不高兴呢。"

谷云莺道："你的醋劲还不小哇。"

于大行道："因为我爱你的缘故。"

他们吃了饭，去看电影，看完电影，于大行又照例送她回家，然后自己回自己的家。到了家里，别人都睡了，只有于太太等着他呢。

于太太道："你不是说回来吃饭？都给你做好，而且今天还多给你炒了一样菜，等了你半天，也没回来，一直到这么晚才回来。"

于大行道："何其仁这家伙不叫我走，跟我聊上没完了。他请我喝酒，一直谈到现在才回来。"他说了一篇大谎。

太太便信了他的话，她道："跟人家谈谈也好，本来朋友一疏远了就没意思了。"

于大行问还有热水没有，今天喝酒喝多了，有点口渴。于太太道："暖壶里头有，沏点茶吗？"

于大行道："不用了，喝点开水吧。"

于太太给他倒了开水，他一边喝着，一边脱衣服，于太太又到厨房把水壶拿来，给他倒水洗脚，都收拾完了，然后才去睡觉。她见于大行今天很高兴的样子，知道何其仁一定对他说

108

了什么，把他劝了过来，她也自欢喜。

于大行和于太太本来是分床睡的，他脱了衣服，钻到被窝里，觉得今天真是幸运，会遇上谷云莺，不然还误会她到底呢。他想到这里，忽然又觉得自己欺骗了太太，不应对她说这样的谎话，叫她仍然以为自己真的和何其仁谈了半夜。他越想越不合适，太太本来能够原谅自己的，何必还这样欺骗她呢？他立时又爬了起来，走向于太太的床边。他的意思是想向于太太求好，他要表示忏悔。

于太太见他来了，错会了他的意思，忙道："哟，这么冷的天，回头再冻着，快来吧。"她把她的被子揭起来，于大行便钻了进去。

他见于太太那样柔媚害羞的样子，不由抱住她。

她道："你瞧你的手多么凉呀。"

于大行道："我在你的衣服里焐一焐吧。"说着，便解了她中衣。这时候他也无暇表示忏悔，还是先温存吧，今天尽是这么无意的快遇。于太太为了收揽他的心，自己也愿意叫他得到无上安慰。这时，他又把谷云莺给忘了。

第二天起来，他也无须再忏悔了，起来上班。

来到班上，还直打哈欠，办公办不下去。一个人跑到大客厅，坐在沙发上，挨近暖气管子，把腿放在沙发桌上，吸着纸烟，慢慢看着一四七画报。这时一个哈欠跟着一个哈欠，屋子一暖，渐渐困上来，他竟睡着了。一直到下班，同事吃完饭，跑到客厅来聊天，才把他吵醒。他一看都下班了，这一觉睡得

109

真香。

大家都问他："昨夜里干吗来了？跟太太温存来了吧？"

于大行笑了笑，叫听差的去买点酱肉和烧饼，又沏了一壶茶，一边和同事聊天，一边吃着。

大家说道："老于这几天怎么精神萎靡似的？"

何其仁道："他现在戒烟了，所以变得难受。"

大家一怔道："老于吃大烟吗？"

何其仁道："我所说的大烟，并不是那个大烟。我说的是女人像鸦片，只要你沾上，便很难放开，越沾越爱沾，摽得瘾头儿大极了。一旦要是戒除了，那真得有大魄力。女人可以使人兴奋，就如同吸鸦片一个样。有病一吃鸦片，立刻就好。心里有多不痛快，一恋上女人，马上就高兴。好处虽然是有，而坏处也颇不少。第一，精神的消耗就不轻，经济的消耗尤大。"

同事道："那么一说于大行有意要甩谷云莺了？"

何其仁道："有意倒是有意，昨天跟我说得很有劲，但不知他能不能办得到。"

快到下班的时候，谷云莺给于大行打电话，把他叫走。

何其仁向他道："还是没有把握呀。"于大行也就一笑而罢。

谷云莺见了于大行，告诉他又要唱戏了，于大行自然又竭力帮忙。一连唱了几天，天天满座，成绩很好，收入也很多，他们都高兴得了不得。越发打得火热，几乎没有一时分离。朋友们看了，都替于大行前途可惜。而于大行的家里见他又这样狂喜，也更以为是一种隐忧。于老头也没办法了，从哪里着手也不容易。叫谷云莺不爱他，也不可能。爱网就是这样神秘，只要迈进腿去，便不能自拔了。这事怎么样解决才好，不解决更不是办法。不管怎样解决，也比这样延长下去强。

　　现在于大行的身体一天衰似一天，做事也做不下去，精神耗费在无益的地方，而金钱也亏耗了很多。他还没有像人家那样挥金似土地花，但只天天玩玩，也就很可观了。虽然挣得多，架不住现在物价这么贵，挣这死钱儿，哪能跟人家暴发户儿比呢？以前拿了于太太的首饰去当，现在还没赎，现在倒又卖了不少。于太太一问他，他更支差。于太太也不好意思和他吵，而又不好意思向婆婆说。

　　这天他对于太太说："你的那只表呢？"

　　于太太道："干吗呀？"

　　于大行道："我戴一戴，你也不戴，搁得长了锈。"

　　于太太道："我这个表不会长锈的，放在水里也不会长锈，这是我母亲给我的。"

　　于大行道："给我用一用吧，我出门没有表真别扭，时常有约会，没有表不是去早了就是去晚了。"

　　于太太道："给你戴倒也没有什么，不过这个表贵贱不提，它是我母亲给我的，特由臂上摘下给我的，或是弄丢了，太对不起我母亲。"

　　于大行道："我知道，一定不会丢的。"

　　于太太道："不是我过于小气，你拿我别的东西，我并没

111

有说过什么，这个表你千万留神保护它。"

于大行道："好啦，没有错儿，下月拿下钱来我买一个表，把这个还你。你不知道，在外头做事，没有表多别扭呀。"

于太太见他那种可怜的样儿，也不好拒绝他，立刻把表由匣子里拿出来给他了。于大行一见，十分喜悦，立刻上了弦，戴在腕上。第二天便戴着表去上班。一连戴了几天。

谷云莺唱了几天戏，同时又得应酬那些主人，觉得十分疲倦，可是她又不能休息，家里由一清早就来人，一直到夜里，陆续不断，简直无法睡觉。

她对于大行道："我得休息两三天了，要不然真受不了，这几天头都有些晕了。"

于大行道："你休息你的呀，本来应该休息的。唱这几天戏，不用说你，就是我都觉得疲乏得了不得。"

谷云莺道："可是怎么休息呀？你看我这个环境，我非得换换环境不可，我要静静地休息三天。"

于大行道："那只有到香山去住。"

谷云莺道："到山上去住，这大阴的天？"

于大行道："你不是为休息吗？"

谷云莺道："那你得陪着我去，要不然我一个人多没意思呀。"

于大行道："好吧，明天礼拜六，我可以不上班，后天礼拜日，我只告礼拜一的一天假就成了。"

他们商量好了，明天一清早就走，今天晚上，他们先买了许多东西，预备到山上去吃。这几天谷云莺手里有些钱，刚唱完戏，手里充裕。

于大行回到家里，对于太太说："这两天不回家，因为有个朋友约打牌，不得不应酬。"说着，又跟于太太借打牌的钱。于太太怕他把手表卖了，所以赶紧拿出钱来给他。

第二天一清早就和谷云莺在咖啡馆见了面，谷云莺说："幸亏出来得早，不然又被人堵在家里。"

他们由城里面起身，直到香山去了。到了香山，住在饭店。他们所有的应用品全都带着，并没有什么不便利。冬天饭店的客人也并不多，闲房不少，他们择了一间好的房子，屋里倒是很暖。

谷云莺道："哎呀，外边真冷，我可不出去了。"吃过了午饭，她当真不再出去。

于大行道："咱们干什么玩呀？我忘了带跳杆来。"

谷云莺道："不是拿着扑克呢吗？咱们抽王八好不好？要不然咱们抓子儿玩。"

于大行道："没有铁蚕豆怎么抓？"

谷云莺道："用栗子，或者用糖块。"

于大行道："好吧，我先打个电话去，叫同事的给告假。"说着便叫到城里电话，找到班上何其仁，叫他给告一天假。

何其仁道："你在哪儿呢？"

于大行道："在香山呢。"

何其仁一听，便知道同着谷云莺，便笑道："那你得请客

113

才成。"

于大行道:"回去一定请客。"

何其仁道:"方才咱们头儿还真找你。"

于大行道:"有事吗?"

何其仁道:"没什么事,我给办了。"

于大行道:"谢谢你,回去一块儿请客。"

何其仁道:"你同谁在一块儿呢?"

于大行道:"我一个人。"

何其仁道:"你一个人吗?大冷的天,你一人上山里去,有这瘾?说实话便罢,不然不管告假。"

于大行道:"反正你也知道,还用我说吗?"他们全笑了。

何其仁道:"别累着呀……"

于大行道:"那个事儿没有。"

何其仁道:"你别瞎说了,没那事儿跑到那儿干吗去?"

于大行道:"真的,将来你会知道。"

何其仁道:"干吗将来?现在我就全知道。"

他们说了一会儿,把耳机子挂上,然后于大行又同谷云莺玩。他们抽王八玩,于大行抽着王八,他输了。

谷云莺道:"得,你可是王八呀。"

于大行道:"我若是王八,你也不好看。"

谷云莺道:"什么?胡说,因为你太太爱了别人,你才当了王八呢。"

于大行道:"我太太不会的。"

谷云莺道："你那么相信你的太太?"

于大行道："当然相信。"

谷云莺道："那么你相信我吗?"

于大行道："你是我的太太，我自然相信你。"

谷云莺道："讨厌，谁是太太? 你有太太。"

于大行道："我的太太就是你呀。"

谷云莺道："你配做我的丈夫吗?"

于大行道："怎么不配?"

谷云莺道："你已经不是童身了。"

于大行道："这么一说，你是……"

谷云莺道："别说了，我们抓子玩吧，谁赢了谁吃栗子。"

他们遂又玩了一会儿，谷云莺道："我真困，今天起得太早了。"

于大行道："回头早些睡吧。"他们吃过了晚饭，便躺在床上去睡。

第二天起来，觉得窗纸发白，开窗一望，敢情下起大雪，他们不由大喜，说道："啊，咱们这趟香山真是来着了，赶上下雪，多么有意思。"

于大行道："回头咱们到山上去看看，我想更有意思了。"

谷云莺道："恐怕路滑吧。"

于大行道："我们不到尽端，只挑有石级的路走走也好。"

他们漱口洗了脸，便一同出去，一边呼吸着新鲜空气，一边雪花落在身上轻轻敲着他们的脸，非常有趣。他们抬头一看，漫天雪花，纷纷下着。他们再往下一看，遍地都成了白色，一望无际的银田，堆着许多村庄人家，远远的大道上，有的为名利奔波的人，骑着自行车，迎着雪花驰着。远远的驴鸣，也竟成了天籁，因为被那旷野的岑寂调和了。

谷云莺道："真有趣呀。"

于大行道："你唱一段《走雪山》吧。"

谷云莺忽然凄然道："我又想到《走雪山》的剧情，一个老头儿一个姑娘，在这样深山雪谷中逃着，实在可怜。天下悲惨的事，不知道有多少。我最爱演悲剧了，可是一想起剧情来，就不免要掉眼泪。古人比我们苦得太多了，当他们痛苦的时候，心里不知怎样难过呢。"

于大行道："你真是替古人担忧，可是你能体会到古人的感情，这正是你富于感情的缘故。"

谷云莺道："这样的雪景，若是演电影做外景，才好玩呢。"

他们就这样天一句地一句地说了好多。快到晌午，谷云莺道："什么时候了？"

于大行看了看表道："快十二点了。"

谷云莺道："咦，你多咱买的表？"

于大行道："早买的了，始终没有戴。"

谷云莺道："这表的样子挺好，女人戴着最合适，现在要买恐怕不少钱吧？"

于大行道："大概得不少钱。"他们说着，回到旅馆。下午没有出门，晚上两个人又老早睡了觉。今天他们竟灵肉一致地相爱着，于大行实在感激谷云莺，她能够给自己这样大的安慰。

次日起来，于大行洗着脸，谷云莺看着他的表，说道："这只表真好，我真喜欢它。"

于大行想她对自己这样牺牲，这只表自己还吝惜着吗？遂道："随你用。"

谷云莺喜道："真的吗？"

于大行道："我还骗你。"

谷云莺立刻戴在腕上道："谢谢你呀。"

于大行道："我应当谢谢你呢。"

谷云莺道："谢我什么？"

于大行笑着不言语，谷云莺道："讨厌。"她明白过来，打了他一下。

他们又在山上玩了一天，北平的八景里有西山晴雪，今天雪是住了，太阳露出来，在山上一坐，如同琉璃世界，美丽极了。尤其在那凸出的山石、参天的古柏、一片古香古色中，立着一位鲜红毛衣的摩登女郎，更是好看煞人。于大行真的陶醉了。

第三天，他们进到城里来，于大行回到家里，家里人早就明白，他一定同谷云莺玩去了。所谓在朋友家打牌，那是瞎话，因为他们见了许多朋友，都说没有同于大行在一块儿，有的朋友就说出于大行由香山打电话，不知他上香山干吗去了。

117

家里明白，也就不便说什么。如果较真儿要问明白，容易僵住的。

于太太也知道他是同谷云莺玩去了，她也不在意。不过她看见于大行腕上的手表没有了，不由很难过。这表是母亲给自己的，自己又再三嘱咐他，叫他千万别弄丢了，结果他还是给弄没有了，他怎么在自己的身上一点心也不搁呢？他不爱自己的东西，当然他也不会爱自己的。她想到这里，不由哭了。

可巧这时于老太太又找她，她擦擦眼泪去了。于老太太一看儿媳妇眼圈儿还红着，知道她哭着来，不由说道："其实他在外边住两天就住两天，反正他总得回来，倘若你这么一闹，逼得他不回来了，岂不更坏了？"

于太太道："我不是为他住在外边。"

于老太太道："那你为什么呢？"

于太太又不好说，于老太太道："你说出来没有关系。"

这时于太太才说道："其实我也不是心疼东西，这两个多月，他没少拿我的东西，我都没有言语，这回他把我的表拿走了，我再三嘱咐他别弄丢了，结果还是给弄没了。这个表是我妈给我的，但这也没有关系，我难过的是他对于家里太不搁在心里。"

于老太太一听十分生气，于太太反倒劝老太太，叫老太太别告诉公公，为一只表，大家生气，实在不值得。可是于老太太到底得着空儿问于大行道："你怎么把你媳妇的表给弄丢了？荒唐也不怕，别丢人哪！拿你媳妇的东西随便给人，也并不是

118

你的好看。何况那表非常贵重，是她母亲给她的，她又再三同你说了，不叫弄没了，你还是给了人。你想想，假如我给你一件东西，你能随便给别人吗？"

于大行羞得脸都红了，他诡辩道："我没有给人，是一个朋友借去了，明天我再给要回来。"

于老太太道："若是借去，那就再要回来吧。"

其实他怎么能要回来呢？要是能要得回来，今天要了，明天再催，爱情非决裂不可。虽然他见了谷云莺，并没有提表的事，而家里也知道回不来了，也就不再逼他要。不过老是这样下去，也实在把人愁死，究竟怎么办呢？

正这时，事情出来了，谷云莺最近要到上海去唱戏。上海的戏院，已经派人来约请谷云莺，因为他们知道谷云莺在平津名头甚健，乘着新鲜劲儿，约到上海，一定大发利市。同时谷云莺是刚红的角儿，包银还不能多要，而且合同满了再请她续唱几天义务，她一定干的。上海戏院一约谷云莺，谷云莺却正想到上海走走，红角非得各处都去到了，打遍天下，才能显出真本事。

她这一走，和于大行的爱情是不是有点变化，颇是一个很微妙的事情。自然，于大行的家里和于大行的朋友，都希望谷云莺离开这里，而且很快地爱了一个上海巨富，如此两个人便都算逃出了苦海。

谷云莺的母亲也希望她到上海，谷云莺也喜欢到上海。不喜欢她走的，只有于大行一个人，可是不喜欢也没法子，这是

119

谷云莺的前途，他也希望她红遍四海，赚个几千万几百万的，从此歇手，也倒不错。谷云莺还直问他，如果他不愿意她去，她可以牺牲这机会，等到于大行有工夫，再一块儿到上海去。

可是于大行这时没主意，不叫她走，耽误她的前途，耽误她的收入，自己所负的罪名可大了；叫她走，自己又真舍不得，可是舍不得，是怕她没把握，上海那里坏人太多，铜臭气太浓，容易堕落的。

谷云莺再去问他，他道："那么你自己愿意去不愿意去呢？"

谷云莺道："我当然愿意去。"

于大行道："那么你就去吧。不过上海坏人太多，你总要留神。"

谷云莺道："我比你明白，你放心，我不会变的。"

于大行也就一笑了之，不过心里总不放心。

这几天谷云莺天天忙着上海这档事，约角、买东西、置行头、辞拜朋友，简直没工夫和于大行一块儿玩了。于大行本想在谷云莺行前痛痛快快地多玩几天，但谷云莺老没这许多工夫。

于大行一见，她没有走就改变，这一走，还不把自己完全放在脖子后头呀？他心里更不舒服起来，变倒不怕变，真是暴风巨浪地变动一下，也倒好了。就怕一丝的风，吹得水面说是平静，可是却有波纹；说是潮来，又没巨浪，这个劲儿最难受。没风自不会着凉，风大也会有浪，就怕一丝之风，倒容易着凉感冒的。

分别前夕，于大行给谷云莺饯行。两个人坐在饭馆的单间里，于大行举起杯子说道："干杯。"

谷云莺道："我看你今天喝得不少了。"

于大行道："没关系，多喝一点儿。"

谷云莺道："回头喝醉了。"

于大行道："我就是为了喝醉，一直醉两天才好。"

谷云莺道："那干吗呢？"

于大行道："你走的时候我就不知道了，省得难过。"

谷云莺道："你干吗难过呢？你要难过我就不去了。"

于大行道："我不难过了，我希望你早日回来，不要在上海待住了。"

谷云莺道："一定，合同满了我就回来的。"于大行听了，还觉心宽。

谷云莺也真替他难过，两个人这天晚上，难舍难离，但终于要分开的。于大行又千嘱万嘱叫她起居留意，别得罪人也别上人家的当，要和蔼也要摆点架子，唱上要努力可也别累着。他是面面都占着，恨不能变作了谷云莺才合适。

谷云莺道："你不必嘱咐了，我都明白的，反正我一心老想着你不就得了吗？"

于大行道："你要不想着我，我也不知道呀。"

谷云莺道："那么怎么办呢？"

于大行道："你天天给我寄封信来，报告你的成绩，好

121

不好?"

谷云莺道:"那倒可以,不过若是真赶上忙怎么办呢?"

于大行道:"我给你写了信皮,你到那里,贴好了邮票,到时候你写了信,装在里边一发就得了,再忙的时候,你可以写上平安两个字,我也可以放心。"谷云莺遂答应了。

于大行回到家里,说不出的一种清凉风味,他深深地爱了谷云莺,虽然他相信谷云莺对自己的忠实,但拦不住那些坏人,用尽了手段来诱惑她呀。

第二天来到班上,何其仁便对于大行道:"报上登着谷老板要到上海去了。"

于大行道:"对了,那里再三约她,所以她不能不去一趟,这一次若是得罪了,以后就不好去了。"

何其仁道:"可是你们分别了这些日子,也真够难过的呀。"

于大行道:"也无所谓,天下没有不散的筵席,哪里能够老在一处呢?"

何其仁道:"可惜你只能想到一半儿,若是你能想到人终有一死,则更有力量了。人生不过是唱出戏,有的唱得长些,有的唱得短些,有的专跑龙套,有的常去那富贵尊严的角色,可是一到后台,大家都是一样。人都不免一死,不管你是多么有权力、有威严,所以你一想到这个,自然就对一切都冷淡了。"

于大行道:"虽然是那样说,我也常那样想,但是我现在

122

活着，我不由得就恋爱着一切。"

何其仁道："那就没办法了，非得叫你碰上了钉子，你才回头，那时也就晚了。"

于大行道："哪有什么钉子碰？"

何其仁道："谷云莺若是爱了别人呢？"

于大行道："不会吧。"

何其仁道："我越是跟你说，你越是这样相信她，你是越苦恼。不如你这时候怀疑她，将来的痛苦还小，因为她的变心，已在你的意料中。"

于大行道："可是我不该这样想她，我不该怀疑她的。"

何其仁道："好啦，我也不说你什么了，反正将来你会有一天说：悔不听何其仁之言，你瞧着吧。"

于大行道："也许有这么一天，但是我现在不应该这么想。"

何其仁道："咱们别抬杠了。"于大行也就不再说什么。

下午，他早走了两个钟头，到车站送谷云莺。谷云莺她们一行很多人，倒不感觉寂寞，不过于大行眼看着爱人分别，真是说不出来的难过。汽笛一声，震断了情侣的迷恋，火车载着爱人，渐渐地离远了。

于大行出了站，回到家里，感到特别寂寞，他就一天一天度日如年地盼着谷云莺早日回来。

若知谷云莺此去，有没有什么变化，且看下章。

第四章 一 斛 珠

谷云莺的同行者，除了同班底和她母亲之外，还有一个叫师大可的。这个师大可是上海戏院派来的全权大使，同时也是上海唱片公司的特派员。他到北平来，一来是约角儿唱戏，二来是联络灌片的名角。这两件事，他都看准了谷云莺，因为到上海去，一般名角都不去，有的刚回来，有的在那里成绩不好，他不敢约。谷云莺是新露头脸的角色，头一回到上海，上海人不知她的艺术如何，都想看一看，所以好不好都不会砸的。灌片这方面，一般名伶索价过昂，况且老灌那些人的，也不新鲜了，不如灌了谷云莺的，还透着新鲜。

除了这些优点之外，还有一个优点，就是师大可这个人对于谷云莺抱着很大的野心。他本想借着他这个职权拢坤伶，别的坤伶都不大容易，只有谷云莺是个初露头角的，下手容易得多。他对谷云莺说得天花乱坠，他说到在上海如何发财，如何由他的斡旋，可以在其他戏院轮着唱。他又说合同满了之后，还可以续订，有他的力量，可以多要包银。他又说上海人非常

124

难对付，初到那里，没有钱是不成的，他可以拿出钱来给她联络各方。他又说唱片公司如果灌些唱片，名誉更要起来了。

谷云莺一听，欢喜得了不得，女孩儿就是好虚荣的。她非常感激师大可。

谷云莺到了上海，那和北平不同了。她见到许多北平没有的这种典型的人物，她看见那些豪华的场面，实在不是北平的暴发户的那样子的。一餐一饭都要数十万的开销，使得她颇为惊讶，她被那金钱所扰，她的知足心扩大了。在北平的时候，以为挣个百儿八十万的，她认为非常满足了，来到上海之后，她觉得挣几百万也似乎够不上理想的挥霍了。她因为见到了这许多大场面，于是她感激了师大可。师大可提高了自己的身价，提高了自己的欲望。师大可为了她花了很多的钱，虽然这些钱是有人给他拿，但谷云莺却已感激不尽了。她觉得师大可实在是一个好人，她不知怎样感谢他才好。

这时，她并没忘了于大行，她时常给于大行写信，报告她在上海的情形，她仍是爱于大行、想念于大行的。想到和于大行在香山踏雪，和这种环境，简直是两个世界。这种快乐和那种快乐是不同的。她虽然明白这种快乐不是正常的，不如香山踏雪的高兴，但恶劳好逸，总是人的常情。在这里，不用她干一点儿什么，她所需要的一切，全都源源而来。她因为自己生活太舒适，享受太过，不由想起于大行在北平的单调，未免替他难过。

于是她给他写信道："行哥，你近来好吗？我实在想你呀。

125

我在这里生活很好，唱戏的成绩也很不错，每天坐满起满——在这里我想起一个笑话来，坐满就得了，何必还说起满？坐满自然得起满，坐满而起不满，那些人难道都得半身不遂了？你猜，天下事真无奇不有，真会有得半身不遂的，只要你在台上看他一眼，他能不遂半天呢。我告诉你，这里的生活，和北平的生活相差太远了。不怨得一般老板们挣了钱就回到北平，在这里，挣多少钱都得花出去。我现在一切都很顺适，凡事都有师大可帮忙，他太好了。明天我要搬到他的家里去，他的家里有很精致的房子，匀出三间来让我住。以后给我写信，就寄到他的家里好了。现在又有人来访我，这一天真麻烦死了，所以我要搬到师大可家，也是这个缘故。这里的新闻记者，比北平活跃得多，我几乎每天被他们包围。你近来好吧？天天干吗玩？下班还各处跑吗？想我不想？你的太太一定很高兴了吧？再谈吧，祝你一切都好！"

这封信去到于大行的手里，于大行非常高兴，可是看到内容，他又疑虑起来。他想师大可那个人老奸巨猾，谷云莺非要上他的当不可。上海那样的淫奢浮华，纸醉金迷，谷云莺一被诱惑，非堕落不可呀。

他想到这里，非常不放心，赶快寄了一封回信，说道："莺，接到你的来信，知道你成绩很好，我很高兴。不过人的成名，艺术固然占多一半，但人格也要占上几分。堕落的人，在上海唱戏是吃不消的，所以名誉越高越要顾到身份。即或自己心里坦然，也要顾到社会流言。社会流言，无风还三尺浪，何况再给人点儿机会呢？搬到师大可家里去住，为了清静，也倒可以，但是外间对于你是不是能够谅解，也是问题。我希望你多加考虑一下，以前我就看出师大可这个人不大可靠，他向来不那样帮忙人的。我早要对你说，不过为了尊重你的意见，没有同你说。请你不要误会我的意思，我是希望你多留些神，不要上人的当。"以外又说了好多相思的话。

信寄去了，不料却寄到师大可的手里。师大可早就告诉了门房，有什么都先拿到他的屋里，他一一检查之后，把别的信都给了谷云莺，唯于大行的信被他扣下。他也听说谷云莺和于大行感情挺好，他虽然看不起于大行，觉得于大行论手段、论势力、论财产都不如自己，他觉得于大行不过是个孩子而已，光是热乎乎的恋，那不成，终究是失败的。不过为了速成自己的目的，对于于大行不能不防备一下。

他打开于大行的信一看，却是骂自己的，他一想，这信不能叫谷云莺看见，用自来火把那信烧了。他笑道："无论如何，谷云莺在上海，就是在自己的手心里。于大行天大的本事，也无济于事呀。"他装作不知的神气，对于谷云莺一字儿不提。

谷云莺接到许多不认识的人的信，一篇篇都是恭维爱慕之词，她更高兴了，在上海的花样实在比北平多得多，这些封信都留着，将来回到北平，和于大行一封一封地看，多么有意思呢！

她想到于大行，便想起于大行的信，她想于大行是该来信的了，怎么还没有来呢？她很纳闷，由今天等到明天，仍然是

127

没有来，明天等到后天，也是无音信。她猜想于大行或是生了病？但病中也会给自己来信的呀！也许他忙，再过两天，也许就寄来了。谁知等了两天、三天、四天，于大行的信始终没有接到。她想不会寄丢了啊，北平来的信，没有一封没接到，怎么单单丢他这封呢？大概是他没有写，可是为什么他不寄回信呢？越想越想不通，无法，只有再给他写一封信，问他倒是为什么没来信。信写得很哀婉，在平常的时候，她生气也曾不给他写信，但现在她和他离得很远，不能不有一番顾虑。

写完了信，这时师大可走进来，说道："写信吗？写信我就出去。"

谷云莺道："不，我已经写完了。"

师大可道："给谁写的？寄北平的吗？叫他们发去吧。"

谷云莺道："好吧，劳驾了。"

师大可把下人叫来，说道："这里有封信，你马上送到邮局去，寄快信，或者航快更好啦。"

谷云莺道："那更好了，越快越好。"

师大可道："那么就寄航快吧。"下人拿走了。

师大可坐了一会儿，又回到自己的屋里，下人把方才要寄航快的那封信拿了来，这是师大可已经下了话的。他把信接过来，看了看，觉得谷云莺对于大行的爱情这样深，要转移她的感情，真得费很大的工夫呢。看完便放在火里，谷云莺还以为发了呢。

谷云莺寄走了这封快信，以为于大行接到得早，他回信亦必很急，如此一个星期就可以接到于大行的回信了。谁知等了一个礼拜，仍未接到于大行的信，她真奇怪得很，难道于大行真的住医院去了？她打开从北平寄来的刊物一看，还时常看见于大行的名字，可见他没有病，可是他为什么不写信呢？她本想同别人打听，但又怕伤了自尊心，叫人家说："于大行是你的情人，怎么他的情形你却向别人打听呢？"她想了想，一点办法没有，只有等到合同期满，赶快回北平，就可以知道真相了。

这时于大行也接不到谷云莺的信，他也自奇怪，为什么谷云莺不来信了呢？真的一到上海就变了吗？她一搬进师大可的家里，就知道情形不好，果然她是上了师大可的当。唉，女人到底是不可靠的。他想到这里，难过极了，他恨不能跑到上海，当着她的面，骂她一顿，骂她没有良心，没有真爱情，嫌贫爱富，没有人格。

他这么想着，就仿佛真骂了他一样，心里仿佛痛快了一些，可是又细一想：她到底和人家爱起来，抛了自己不管了，他又愤恨起来。他又想也许谷云莺是真忙，或是寄信寄丢了，他又原谅了她。

他的情绪就这样颠倒得复杂，如醉如痴，公事也办不下去了。听上海来的朋友说，谷云莺可太红了，每天满座，一天就接到很多封信，就是饭局都应酬不过来。有的时候陪着这个局长太太打打牌，陪着那个处长小姐跳跳舞，有时还要出席什么座谈会，什么开幕剪彩，电台讲演，一天简直没有一会儿闲着。

于大行一听，又喜又酸，喜的是她这样忙，便是不能写信的原因；酸的是她一这样红起来，她还瞧得起自己吗？不写信也就是瞧不起自己的表现啊！他的心冷了一半了。这时倒希望她永远不回到北平来才好，不然她一回来，自己多么难堪呢？

他用尽了方法自己开脱自己，而谷云莺的影子，总盘旋于自己的脑际里不去，这真是苦极了。他每天除了吃就是睡，头发也不理，胡子也不刮，他想到谷云莺炫耀一时，然而自己潦倒如此，心里十分难过，唉，伶人本来无常，结了婚还要婚变，何况没有结婚的呢？

何其仁看出他的神气，不像谷云莺常来信的样子，遂道："老于，谷老板来信说什么？"

于大行知道他的意思，也不言语。

何其仁又道："听说谷老板在上海很出风头，不知有多少人追逐呢，我想她对于你是不会变的，她对你太忠实了。"

于大行道："你别气我了，咱们说点别的吧。"

何其仁道："怎么会气你了呢？不是你这样说的吗？你相信她对你不会变的吗？"

于大行不言语了，半天说道："你不要拿这话扣我，是我说的，不错，是我说的，可是你不能断定她现在是对我不忠实呀！"

何其仁道："你还偏向着她？落到这般地步，你应该觉悟才对，你怎么还这样护着她？这样你的痛苦更要大的。"

于大行道："我真不是护着她，我相信她将来一定要回到我的身边。"

何其仁道："是的，等她成了老太太的时候。"

于大行道："你不必抬杠，我也不跟你抬杠。"

何其仁道："我也不是同你抬杠，我是为你好，说什么也白搭，我们只看事实，现在事实上她是把你忘了没有？其实你说出失恋来，大家也不会笑话你，谁都能同情你。因为失恋是在人意想中，并不为奇。假如你坦白地说了，别人或更同情你，都要骂谷云莺没有良心；倘若你光为了当时的面子一劲儿地瞒着，仍然说她好，那别人反倒要笑话你了。"

于大行道："我愿人家都笑我，我不愿意人家骂她一句。"

何其仁道："嘿，真痴情呀，你可以说是标准情人了，哈哈！"

于大行也不言语，他本来极相信她的，但这时他又不能不有所怀疑。矛盾的心情，来回地争着，每天就度着这种苦的生活。

这时的谷云莺，也正在苦恼中。她这样地应付各方面，完全为了前途，并非为出风头。而努力于前途，也是为了于大行。她以为前途越好，于大行一定越喜欢。假如没有于大行，即或自己名誉更大些，又有什么用呢？她没有一天不想到于大行，他为什么总不来信，这个谜是无法解释的。

这些日子师大可对自己又有些令人不舒服的态度，以前偶尔开个小玩笑，口头上占点便宜，她以为是男人都有这点儿脾气，也就毫不在意。人家对自己这种帮忙，这点儿口头上的便宜，叫他占占也没有什么，自己吃这行饭，也就不能较这个真儿的。不过师大可近来的态度可更露锋芒了，时常有一种令人莫名其妙的情绪在里面，她真哭笑不得。她希望把这几天戏唱完了，合同一满，她赶快回北平。而师大可也正以为合同快满，而越发加紧表示。谷云莺苦极了，她这几天的精神被种种问题缠绕着，十分不安。

于大行没有信，为什么呢？师大可是得寸进尺，一边表示好意，一边表示歹意，谷云莺简直无法应付。她想搬出来，又怕得罪了他。她母亲也劝她不许得罪他，暗示给她，即或牺牲一点儿，也没什么。在这行里，这不是极平常的事吗？可是谷云莺却认为这是绝对不可能的事，她要对于大行忠实，她不但精神对于大行忠实，就是肉体也要对他忠实。

谷云莺对于师大可，一边敷衍着一边敬而远之。人家对自己实在帮了不少忙，完全得罪，也不合适。但若不有点儿拒绝表示，又恐怕他错认了自己。

这天，师大可和她谈着，谈到艺人之难，师大可说："这年头儿不但艺人，就普通一个女人，稍微有点知识，就可把贞操当回事。贞操，都是为限制女人的自由的，根本不对，非要打倒它不可。况且艺人在外应酬，图什么？不是图钱吗？人家花钱捧戏子是为什么？所以艺人想红起来，非得会应酬不可，不然一下就能瘪回去。上海这地方，又不同别处，上海人是多么厉害呢。"

谷云莺一听，便知道他的用意，遂道："应酬看怎样的应酬，拿自己的贞操应酬人家，那我是不干的。我是拿艺术来换人家的钱，我是出卖艺术，而不是出卖人格的。"

师大可道："你这么摩登的人，会这样思想落伍。"

谷云莺道："我认为这样思想并不落伍。"

师大可道："那人家花钱的……"

谷云莺道："那他爱花钱，与我无干。"

师大可道："那不能这样说，社会人情不那么简单。"

谷云莺道："但我的脑子便这样的简单。"

师大可见她并不入套，遂又加威胁。谷云莺一见，越发不高兴他。以前总还有感激他的意思，现在他这样一现出他的卑劣，这点感激他的意思都没有了。

后来他索性就明白表示出来，说道："云莺，我实在爱你。"

谷云莺道："谢谢你的盛意，我是没有什么可爱的，我觉得你爱一个唱戏的，实在委屈你的。"

师大可道："但我并不拿你当作一般唱戏的看待。"

谷云莺道："不要说了，方才你还劝我说艺人不必保守贞操。"

这话说得师大可无法回答，结结巴巴地说道："我方才不是说你呀，真的，因为你同一般伶人不一样，所以我才爱你的。"

谷云莺道："我实在不如人家，这行儿里谁都比我好，就

133

属我槽了。"

师大可道:"不,你真是最好的一个人,我早就看出来了,所以这次到北平,专为约你的。"

谷云莺道:"你的意思我很感谢,但是我愿意把爱藏在心里,不好吗?"

师大可道:"藏在心里多么没意思,你怎么会爱于大行呢?"

谷云莺没有言语。师大可又道:"于大行有什么可爱呢?穷小子一个,像你这样美丽,这样有本事,和这么一个人相爱,岂不委屈了你?况且于大行那个人也并非真心爱你,听说他在北平天天吃喝嫖赌,根本没有把你放在心上。你是聪明人,怎么会上他这个当?"

谷云莺又是不耐烦又是难过,她道:"请你不要说了,我实在不爱听这些话。"

师大可见她竟对自己这样无情,自然有些不得劲,最后他竟使出恫吓和威胁,谷云莺也急了,她道:"你若是尊重我的自由,于你是总有好处的。你对我帮忙,我总有好心报答,任何恫吓我都不怕的。不用说上海,就是全世界的坏人来害我,我也不怕,为正人只有一死,早死晚死是一个样的。"

师大可见她竟提出死字,生怕她死在自己家里,自己还得背着人命官司。自己弄巧成拙了,费了很大的劲,结果是全没用,他心里也不舒服,他非要把他的损失补偿过来不可。当时他假意哄了谷云莺,暗地里却把谷云莺卖出去。

他对谷云莺的母亲说："本地有位大珠商，财产真是数不尽，他想以一斛珠来娶谷云莺。"

谷云莺的母亲一听，一斛珠价值太大了，那简直没法儿算了，她喜欢得了不得，她便跟谷云莺说了，她说："这真是造化，你也不必唱了，我也有了落儿。本来唱戏就为找个好主儿，现在你刚唱了不久，就有主儿，总算是造化。"

谷云莺一听，心里越发不痛快，没想到来到上海竟出这不痛快的事。她当时就表示反对，她说她唱戏不是为找主儿，而是为艺术。她爱唱戏，她不爱嫁人，有钱的人，没有一个靠得住的。

她母亲一听，很不高兴。谷云莺又说："您叫我嫁人，不就为您得些钱养老吗？反正我养活您到老就得了。您不必管我怎么挣钱，决不叫您受了委屈。您要不放心，来这儿快一个月了，不也给您挣了几百万了吗？虽然几百万不值什么，可是拿它俭省过，也够您这一辈子了。要是拿它倒点买卖，还可以多赚多少倍呢。"

谷云莺的母亲虽然知道她的话很有理，但是人为财死，她看见那些珠子，倒是心里馋得慌，所以她生起气来，说谷云莺太不听话了。母亲说："别以为唱戏的红，你就自以为了不得。你知道要没有我，你就能做到了这个份上了？刚唱了几天戏，就对妈妈这样，你还提什么将来养活我？这时你还想气死我，将来我还不老受你的气呀。"

谷云莺见母亲这样不体谅自己，她哭了起来，她要马上不

135

唱了。她母亲听见，怕合同未满还得赔偿人的损失，这个急可着不了，便又哄着她，叫她唱，唱完了合同期间再说。

谷云莺因为在师大可家里住着太危险了，她极力想搬出去。在上海，她认识了一位义母，叫吴老太太，这吴太太不但在上海有钱，而且还有地位有势力。谷云莺来到上海，她就非常喜欢她，每天总要买十几个包厢。以外在她身上也花了不少钱，给她制行头，买东西。自认谷云莺做干女儿之后，越发对她爱护。

这时谷云莺便提到在师大可家里住着不便，想搬出来。吴太太说："不要紧，搬到我这儿来，我早就要你搬来，不知你同师大可是什么合同。现在要搬，好极了，你不必回去了，我就派人去取东西去。"说着，当真叫下人到师大可家里把东西取来。师大可也不能不给，他很恨愤。谷云莺这一走，不但自己的企图失望，就是介绍给珠商这事也成泡影。

谷云莺住在吴太太家，生活享受那实在是豪华极了，每天总有宴会，报纸上天天登着她的相片和新闻，谷云莺红遍了上海。唱戏的时候，台下满坑满谷，她一出台，台下的彩声震动屋瓦。扮起来那种庄严美丽，唱起来那样委婉动听，那真风魔了多少男人。不但男人，连女人都追她。一时每人见面谈话，都要提到谷云莺，有许多青年给她写信，肉麻极了。有许多阔少，或是用大量的财物送给她，或用贵重的东西馈赠她，或用豪华的筵席招待她，人间的富贵荣华，她都享受尽了。但她并不以这些享受为快乐，她并不以人们的恭维献媚介意，她只有一心想念着于大行。于大行老不来信，她老不放心。

于大行这时也无时不想念谷云莺，可是又非常恨她，因为他也总接不到她的信。有上海来的人说："可了不得，谷云莺红遍了上海，几乎家家户户没有不知道谷云莺的了。唱戏都学着谷云莺的腔，穿衣服也穿谷云莺式的衣服。今天谷云莺做了一件新式大衣，明天便有许多女人也跟着做她那样的，因此有许多服装商行绞尽脑汁，发明新样服装，送给谷云莺，只要她穿出去，立刻全上海富家妇女，都到他那里去定做，因此而发了很大的财。有的化妆用品公司，用谷云莺做牌号。有纸烟公司，也立谷云莺的牌名。甚至打牌里的元宝花，也不叫元宝花，而叫谷云莺，如果抓着谷云莺牌这张牌，加一番。茶叶店里也登广告，说谷云莺老板最喜欢喝他家的茶叶。咖啡馆也登新闻说谷云莺曾在他那里喝了一杯咖啡，因为他的咖啡可以保护嗓子云云。药房也不放松机会，联络新闻记者，说谷云莺小有不适，因为吃他家药得以痊愈。人们对于财色两种，真能用尽了方法去追求，花样翻新，出奇制胜，唱片公司请灌片子，影片公司约她演电影，现在她是名利兼收了。"

于大行一听，心里十分难过。想到自己是无望了，也难怪她抛弃自己，像她现在这样的声势，如何看得起自己呢？不过想到前两个月两个人在黑胡同里并肩而行的时候，真如同做梦一个样。仅仅才两个月，变化就这样的快。这就如同洋面的行市，只谈到两个月前的价钱，就如同说古一个样了。

于大行这时说不出是什么滋味，他想到谷云莺当初对自己

137

的海誓山盟，现在完全变卦，十分气恨，他立刻写了一封信，大骂谷云莺丧了良心，并且说现在已经不爱她了。信寄去之后，他仿佛出了气一个样。

谷云莺这时的合同已快满了，戏院仍要继续订约，谷云莺恨不能合同满了回到北平，所以她拒绝了各方面的要求。大家虽然不高兴，但也无法。

这天，戏报出去是《一斛珠》，在前两天票已经卖出去，谷云莺吃过了晚饭，刚要上园子，忽然接到一封信。她一看是于大行的，这时欢喜得了不得，连忙打开一看，她都怔了，越看越不对劲儿，她没看完，手就抖颤起来，看完以后谁也不理，当时竟晕了过去。

吴太太一看，不由慌了，立刻扶到床上。谷云莺一声不语，吴老太太连忙打电话请大夫，戏也不能唱了。给园子打电话吧，可是戏院已经开台，不能赔这损失。他们倒有了理由，其要请求谷云莺赔偿损失不可。

这时大夫来了，检查她的身体，说她刺激过深，心脏有了病，非得休息几天不可，最后是到医院住去。

吴太太一听，连忙用汽车把谷云莺送到医院。谷云莺的母亲一看，生怕戏院要她赔偿损失，她这时已经有了好几百万元，她便拿了些钱跑回北平去了。戏院的损失，由吴太太给赔偿了。

过了几天，谷云莺好了，她非常灰心，再也不想唱戏，不但不想唱戏，就连一切生活都懒得干了，她眼看到了人世间的龌龊，她顿萌出家的念头。

她同吴太太说她决定要出家，吴太太劝她几回，她都不听，她说她活着就为一个人，这个人已经离自己而去，自己还活着有什么用呢？

吴太太又说到这种成绩，造得很不容易，何必牺牲了呢？

谷云莺说："我早就没把这种成绩看在眼里。"

吴太太道："可是你若是跟一个有钱的，在家里一享福，也不必唱了，岂不甚好？"

谷云莺道："男人我都看透了，没有一个好的。尤其是有钱的，与其将来闹婚变，不如根本不嫁的好。现在我已经对于人生看得一点味也没有了。都说人生如戏，我看还不如戏。戏里还有时欢乐，人生光是苦，哪里有真乐呢？享福也不必的，这一个月来的享受，已经尝到，也就适可而止，不然将来苦恼更多。而且在别人以为我这生活是很快乐，但我却并不感觉快乐。所以我决意去出家，出家也不一定要修行，我只是为先躲开这龌龊的人世。"

吴太太见她去志很坚，也觉这个出路也好，若是十分勉强留她，反而引起不幸。于是便花了许多钱，给做了四季的袈裟，在郊外一个尼庵里，受戒出家。于是一个盛极一时的红伶，从此度她青灯古佛生活了。

红伶虽然红极一时，但总有个完的。前例很多了，都是当年的红伶多少人追逐，而结果是饿死街头，这是多么惨痛的事！不必到老，也不必到死，只是过几年再看，便又有一批年轻红伶起来，代替了自己的地位。如此新陈代谢，已够令人悲叹的了。谷云莺出了家，在别人看，她的心里一定很难受，其实她的心里却很安适。

这时于大行以为谷云莺合同满了，该回来了，看她对待自己如何，反正自己决心不理她了。谁知他听到由上海回来的人一说，他才知道谷云莺为了自己那封信而病了。他又看到上海的报纸，见到谷云莺的消息，第一天说谷云莺急病回戏，详情容后再志；第二天登着谷云莺已入医院，病因是为了一封信。报上并将信中大意登了出来；第三天登着谷云莺的母亲携款回到北平，戏院的损失是由吴太太给赔偿了；第四天的报还没有来。

于大行一看，这可急了，恨不能马上到谷云莺的面前，把自己的心剖给她看。这时千言万语，都要立刻对谷云莺说出来才好。他顾不了许多，当天筹划了一笔路费，机关里告了假，一直到上海来了。火车飞也似的奔驰，而于大行总嫌它慢。

好容易到了上海，一下车便到吴太太家。他以为谷云莺见了他，一定惊喜欲狂。谁知吴太太把他让进去之后，劈头便问道："您那只表没见到吗？谷云莺交给我的，说那表是您的，叫我将来遇到便还给您。我已经托人顺便带回北平去了，大概还没到您就来了。"

于大行一听，难过极了，他道："我希望见她一面，我老远来了一句话没有说，似乎太叫人难过吧。"

吴太太道："她现在不住在我这里。"

140

于大行道："住在医院吗?"

吴太太道："也不住在医院，她现在出了家，住在郊外一个庵里。"

于大行一听，越发难过，他立刻要求吴太太同他到庙里去见她。

吴太太道："我可以同您去，但她见不见我却不管。"

于大行答应着，只要能够去到那庵里就得。吴太太遂同他乘了汽车，一直开到郊外，到了那尼姑庵。山门未锁，他们照直走了进去。

吴太太对于大行说："你先在外边等等，我先进去。"

于大行哪里肯听，他怕谷云莺不见他，他反倒走到头去，一直闯进去，恨不能抱着她痛哭一下。

他刚要呼喊云莺，忽然听到从大殿里传出木鱼佛号的声音。他立止了脚步，听到那佛声的庄严，一种难解的心情刺激了他，他似乎开悟了。人在院中站了一会儿，说道："我再不能破坏她的操持了。"

他转身走去，不再见谷云莺。

吴太太反倒很奇怪的，说道："哪儿去?"

于大行道："我不见她了。"说着径自走去。

吴太太也不拦他，见了谷云莺，便把方才的经过一说。谷云莺微笑道："他解脱了。"闹得吴太太莫名其妙。

谷云莺便仍旧继续她的经声佛号。

书说至此，便告结束。

闹 蝶 儿

序

　　在我写《闹蝶儿》小说之初，打算全篇尽写女孩子们的生活与性情，里面不要一个男人。后来报馆方面一面删了几段，一面要求我加入异性恋爱的故事，于是我才写出一个男角来。但我终究不高兴，没有完，便结事了。

　　黎朔兄剪存该小说稿全部，他很推许这篇写得新颖活泼、别开生面，要我把它修改一下，印出书来。这时正好励力出版社经理先生向我要稿，我向黎朔说了，他欣然割爱，并绘了一个封面，我又略添了些，写成了这部书。但和我的初衷终究相违。

　　这部小说的人名与个性都有关系，起的时候，很费了一回事。以黎若梅比梅花，陆小棠比海棠，丁郁芬比丁香，陶华比桃花，白芍芬比芍药，冷菊英比菊花——小说写完了一看，只有把黎若梅、丁郁芬、陶花三个人写了很多，其余都没十分发挥，尤以初拟陆小棠为要角而后反被忽略，颇为遗憾。将来有机会再写出来吧。

故事差不多都是事实，人物虽然和故事没有关系，但也全有典型。写她们的动机也颇有趣。有一天，我和她们在一起谈天，游戏地把她们的个性比作多种花，她们都认为很正确。于是我就拿她们的个性，做了小说的主人翁，穿插由她们口里所说的故事。

前年，那比作陆小棠的女孩子死了，别人也有嫁的也有走的，她们假如看见《闹蝶儿》出版的时候，不知作何感想，而陆小棠竟连看都看不见了。在这小说出版后，我一定在她的坟前焚烧一部。

北平耿郁溪题

第一章　寻艳复寻香不寻臭

有一天访友回来，刚走到家门口不远地方，看对面来了七个女孩子。有的提着书包，有的推着自行车，说说笑笑走到我家门前。不知谁说了一句什么，大家一齐往我家的门前望。一个女孩子看见门上的名牌，说了一声"耿王八"。这时我已经走入她们群儿里边来，登上了台阶。她们一看，不由笑了，一起很快地跑了。一边跑着一边回头看我，走到老远，她们还在笑，我不由也笑了。

不管她们是什么意思，我觉得女孩子们的天真活泼是十分可爱的。记得有两次在北海，被女孩子们所窘，她们包围了我，嚷着说："耿小的，你站一站，叫我们看一看！"有时候走在街上，时常遇见她们，叫了一声跑了。她们是那样可爱！又有时我在公园，或在市场，遇到女孩子们，她们似相识似不相识地叫了一声，我一回头，她们却向我一笑。我在这时，也就只好报之一笑，但是在这一笑之后，跟着便涌出一阵悲哀。我已经被"世故"抛出了她们的天国，我不能和她们在一起天真地活泼地谈着玩着，社会把我和她们隔离了。但是我仍旧爱她们。

在小说里面，我实在没有把她们这美点写得十分之一，我觉得她们所给我的情调，有时是我这支笔描写不出来的。现在虽然说是文明已经进化，可是女孩子仍有她们的苦衷，她们说不出来，她们不愿意说，她们不敢说，她们就没有说的机会。有的能够说出来了，但是社会仍然是对她们漠视。这种痛苦，若不是数千年压迫下来的惯性使她们忽略了，她们实在不能忍受的。我呢，写小说固然为换饭吃，但能够替青年们说几句，就替她们说几句。

我有个朋友的朋友，她曾经做过华语老师，而后来被她的"生徒"追逐的。她那位学生竟剪了我的小说，加以密圈，寄给她说："我的心里话，都被耿先生说了，请你看看吧，这个就是我的苦闷。"我觉得我的小说，能够替别人说了话，便没有白写，我很自慰。虽然不算成功，但我至少替一个人说了话。

可是近来有人说，我是"纯以消遣的态度来吸引读者的"。吸引读者自不成问题，无论谁写出文章来，都需要读者的，不过"消遣"二字，实在有待商榷，更何况还有个"纯"字。说这句话的人，他只顾了一味唱高调，根本没有看到我的小说。话又说回来，在这年月，能够消遣消遣，也还不容易。有人会说，为了新秩序的迈进，耿小的宜激流勇退。自然，我这东西确实有点不合乎时代，而且我也没有做个时代文艺作家的雄图。呐喊，还是叫人家新兴文艺作家去叫吧，我只老老实实地写我的东西，能够替一部分说些话便说些话，不能说时，消遣消遣也好。

闲话收起来，开始写我们的小说，小说的篇名是《闹蝶儿》。闹蝶儿本是近来女子中学校里一句最流行的话，"蝶儿"本是英文 Dear 的译音，在中学生里，以为谁和谁好，就叫蝶儿。谁和谁好，本来也是常事，谁也有两三个感情相投的朋友，但是好得能够称为蝶儿，这就不平凡了，这一定是好得超过友谊，这一来往往要被别的同学起哄要吃糖，这个就叫作"闹蝶儿"。

有的时候，谁和谁只是很浅的友谊，甚至两个人不谈话，可是别的同学也要闹，非要把她们闹成功，好像要促成一对佳侣，她们也觉高兴。这完全是一种好玩儿的心理。不过我们这时候若是说一点正经话，这又当归为教育问题了。在教育问题里还包含着生理问题、道德问题等等。不过那仍是叫人家去吧，我们还是消遣消遣好了。

我现在先要写的是一个女子中学的一个角落，那个角落是女生宿舍，在宿舍的中间一个房子里，大概占了地利与人和的缘故，那是最热闹最风光的地方，差不多的同学都爱到那屋里去。

那间屋里，本来住着四个人，可是在考期以前，一个床上总要躺着两个人甚至三个人，在夜里一边躺着一边互相致问着功课。平常的时候，也要睡五个人以上，有时真分不出谁是主人谁是外人了。这间宿舍的四位主人，现在我介绍在下面。

第一是黎若梅。黎若梅不但是这个宿舍的主人，她几乎成了全校的皇后。她长得非常美，两只大而动人的眸子，神是凝而不散，嘴唇儿很小，是善于谈吐的表现。可是她又特别沉静，她的热情是含藏在内心的。初一见的人，以为她不免架子大，但认识了她之后，便知道她是个温柔仁爱的人。和她交得久了，便知道她是富有极热的情感，不过她的理智把它像闸一样地阻止它的泛滥。她又是很聪明的，思想很新颖，又美丽待人，天才种种方面说，都在一般同学之上，同学没有不敬爱她的。

一个叫陆小棠。她是一个娇小玲珑的小姐，富有浓厚的情感，表现得非常热烈，可是她自己总以为热情已没有了。她好像看透了社会，看透了人心，对于任何人都不信任似的。她时常悲观，心情总是不舒适似的。她愿意大家老在一起玩儿，但有时见到别人在一起玩儿时，她宁愿自己孤独而寂寞而悲哀，她也不去追着人家一块儿。她以为这是她缺乏情感，其实这正是她太富情感的缘故。她有时很活泼天真，有时又一个人伏在桌上哭。她最喜欢黎若梅，黎若梅也喜欢陆小棠。黎若梅喜欢陆小棠是黎若梅的天性，她对谁都是那样关切。而陆小棠喜欢黎若梅有点特殊了，因为她待人冷热太不平均。

这天，她们两个人在宿舍谈天，另外的两个同学都出去了。一个叫白芍芬，是一个交际比较广的女孩。一个叫冷菊英，是一个极其冷静的女孩。黎若梅和陆小棠两个人闲谈着，便谈到白芍芬和冷菊英两个人来。

陆小棠道："你说白芍芬和冷菊英两个人谁好？"

黎若梅道："白芍芬和冷菊英个性绝对不同。白芍芬热情得多，冷菊英似乎过于冷了。"

陆小棠道："白芍芬的男朋友很多，很容易叫人对她有所误解。"

黎若梅道："但我相信她是坦白的，像她那样漂亮，是最容易被异性追逐的。"

陆小棠道："她倒是真够味儿，多帅呀！不过我以为像那追逐而来的男性，大可不必理他们……"

她们正说着，猛然听见门外有人说："什么够味儿呀，你们背地里讲究人。"

说着，门开了，仿佛有个人一闪，要进来而没进来，门又关上了。她们吓了一跳，陆小棠道："谁呀，我正说着。"

黎若梅道："就是白芍芬。"

陆小棠道："呀，那多不好，她怎么不进来呢？"

黎若梅道："她又闹着玩了。"说着，走过去把门一开，却没有人。她道："咦，这位小姐怎么一闪就没影儿了？"

陆小棠一听，忙走出来道："是吗？真奇怪，她莫非不愿意了吗？"

黎若梅道："不会，她向来不会生气闹人家的。"

陆小棠道："那她为什么不进来又走了呢？她到底上哪里去了？"

黎若梅也道："这位小姐，真是神龙见首不见尾。"

她们又在屋里谈了一会儿，白芍芬又走了进来。她们都道："你上哪儿去了？怎么听你说了一句话就不见了？"

白芍芬道："我上丁郁芬屋里去了。你们说，你们方才讲究我什么来？"

黎若梅笑道："我们说你漂亮，交际好。"

白芍芬笑道："我哪里有你漂亮呀？全校谁不知道黎皇后呀？"说着，脱了白的风衣，照着镜子，把头发用两只手往后拢了拢。轻盈的体态，很有些少奶奶的风韵，她似乎是个早熟的女孩子。

黎若梅笑道："我不和你辩。"

白芍芬道："也不必辩，谁不知道你是全校里最美丽的一个呢？连先生都这样说。叫陆小棠说，我们两个人谁漂亮？"

陆小棠道："都比我漂亮。"她们都笑了。

黎若梅道："你到丁郁芬屋里做什么去了？"

白芍芬道："丁郁芬哭了。这孩子老爱哭，我刚走到她们门口，我听丁郁芬屋里有人在哭，我便一转身进去了。"

黎若梅道："为什么呢？"

白芍芬道："唉，不值得的事，可是先生也不该这样说话的。今天她们那班上体育，丁郁芬身体不便，便请求先生停止她的运动。其实不舒适告上一两堂假，也没有关系，偏这孩子不肯告假，她净想得奖状，一学期不告一堂。月经来了，当然不能上体育，这是女人的缺陷，没有办法。她告诉先生说，她

152

有例假，本来例不算假，是不是？先生当然也明白。谁知体育先生却偏问说'你真有例假吗？'丁郁芬以为这简直是侮辱，她气得不得了，赌气回到屋里哭了。同学们也为这事抱不平，说先生不该这样说话，什么例假还有真的假的，这未免太侮辱学生了。"

黎若梅道："体育先生说话，不同别的先生说话，自然不会那么柔和婉转。不过他的意思我相信是不会有侮辱的意思，他只是不太会说而已。女孩子自尊心都很厉害，像体育先生这样说话，应当请求学校当局干涉才对，就是叫他以后说话和气一些，叫他相信女孩子们不会说谎，不是例假偏说例假，女孩子不会这样做。有时真的例假都不肯往外说，何况自己还假造？体育先生的疑虑实在有点多余。并且即或丁郁芬是假话，但是当时不爱运动，便是她生理上的影响，如果强迫运动，反而于身体有碍。体育先生应当懂得这种原理，不是光教打球练操的，那就是体而不育了。"她们又笑起来。

陆小棠道："先生实在不应该这样说话，不管理由正当不正当，我们都不能原谅。你想，一个女孩子当着大众被这样不堪的话来问，心里是多么难过？"

白芍芬道："根本体育先生就是不怀好意，难道真假你还要验一验吗？"说完，她们自己又笑起来。

黎若梅道："我们去看看丁郁芬去。"

于是她们又走出来，到了丁郁芬屋里。一看，里面有许多的人，都那么慷慨激昂的样子，攥着拳头说："我们非驱逐这个'驴粪球'不可。""驴粪球"是她们临时给体育先生起的外号。

白芍芬道:"驱走了'驴粪球',可就苦了'屎壳郎'了。"

"屎壳郎"是她们给一位女教员起的外号。平时这位女教员跟体育先生不错,时常一起走,于是她们便以为体育先生和女教员有恋爱,她们以为男女在一起走,便当有爱情的。体育先生叫"驴粪球",那位女先生便叫"屎壳郎"了,她们只有背地里骂骂人就算出气。大家说了半天"驴粪球",仿佛体育先生当真就是驴粪球。她们说驱逐体育先生,仿佛当真就把体育先生驱逐了似的。大家似乎得了安慰,一阵怒骂,跟着一阵狂笑。

笑完之后,这个发现那个的鞋是新买来的,那个说这个大衣样子不好了,她们又谈到别的上去。这时不知谁提到洗头,遂又有人说:"学校要下布告,女学生头发一律剪短,这一剪短,都要变成姑子了。"大家一听,又是一阵激昂,这回是感到切身问题,不能不坚持到底了。方才是丁郁芬的事,大家嚷嚷算了。这回如果仍是再嚷嚷就算,那自己的头发,便有被剪短的命运了,所以大家又起来反对。

这里白芍芬反对得最厉害,因为她是爱修饰的,差不多三天就得到理发店去一趟。这要是一剪短了,大灭自己的"人工美",是非反对到底不可。她说:"上课念书,就没有剪短发的必要,不是非得把头发剪短记忆力就强起来,没有那回事。"

大家鼓掌赞成她说的话很幽默,她又说:"什么理由剪短?

154

为卫生吗？我们知道头发保护头部的，剪短了反而不能保护了。再者女学生和男生不同，女学生都讲究美观，假如有参观的来，一看学生个个都成了秃尾巴鹌鹑了，多么难看。"大家又笑起来，笑完之后，仍是要反对剪发。

后来大家商议，是谁也不剪，做一种消极的抵抗。陆小棠道："假如有人要剪呢？"

大家道："那我们就认为她是害群之马，群起而攻之。"大家鼓掌赞成。

这个问题就好像解决了，于是大家又谈到写意的，因为老谈学校的事不写意，令人头疼。陆小棠不愿意跟她们一块儿谈，她便同黎若梅一同出来。

黎若梅和陆小棠有不同的个性，陆小棠是因环境而对人，她不喜欢这种环境，于是对于这环境里的人，完全看不起。她若喜欢这环境，于是对这环境里的人便加以好感。黎若梅不然，她是因人而对环境，她若是觉得这人好，无论怎样的环境，都能处之泰然。把她放在极其豪华富贵的场里，只愈显示洁白大方，没有一点泰然不安的态度；把她放在贫民区环境里，便越显其和祥温柔，没有一点酸傲瞧不起人的样子，只要这人是她喜欢的，这就是她比陆小棠强的地方。陆小棠在同学里，她算是很高洁而有见地，但是比起黎若梅来，便觉得她有时太感情用事。而黎若梅之所以被大家所敬爱，也不为无因了。

她俩走在院子里，谈到剪发问题，陆小棠以为同学这次非

155

要闹风潮不可。黎若梅道："不然，不会闹起来，这就和丁郁芬的事件一样，嚷嚷就算了，不信你明天看着的。"

她们正说着，听后边有人叫黎若梅，她们回头一看，却是陶华。陶华和她们都是暑假里一同考进高一的同学，非常活泼而有时近于轻佻。她很美丽，时常被顽皮的高年级男学生追逐，而她也喜欢巴结高年级的同学，引以为荣。

黎若梅站住问道："有事吗？"

陶华笑着说："我们高三的学生叫我带个纸条给你，我可没有看，他们叫我给你的，你可别生我的气。"

黎若梅道："拿来我看。"

陶华道："他们说他们都喜欢你，叫你到他们宿舍里去谈谈。"说着，把纸条给了黎若梅。

黎若梅接过一看，只见上面写着："我们都很爱你，希望你到我们这儿来玩，高三同学。"

她看完笑道："他们惯欺负低年级的同学，他们以为我一定胆小或是害羞不敢去见他们吗？你回去告诉他们，我回头就去。"

陶华笑道："真的吗？他们可真会哄人哪，他们要拿你当作新娘子似的打扮起来。"

黎若梅道："他们敢，也不会的。你来说，全是同学的，有什么关系。如果要哄起来，我并不怕他们，他们对我也不会的。"

陶华道："好吧。"

陆小棠道："你别去吧，真没意思，理他们做什么呢？"

黎若梅道："那有什么，都是同学。"

陆小棠道："他们才不拿你当同学的看，他们高年级的学生对于低年级的同学，看作玩物一般，高兴起来玩玩，不高兴连理也不理。拿我们班上来说，不也是这样吗？对于初中的学生，看见那好看的，也是尽起哄，随便找来玩，哪有什么真心？"

黎若梅道："物必自腐而后虫生，我们只要不看轻自己，他们也不能怎么样。况且爱美是人人都有的，尤其是女人，容美的天才，几乎是女人所独有的，他们起哄的手段虽然不对，可是目的却不能说恶。对于女孩好看的，我也是喜欢，比之陶华，她是多好看的孩子，两只水汪汪的大眼睛，眼睫毛又长又黑，特别衬得动人，像个艳丽的脸蛋儿，人工绝做不出那种美来，这是天生来的得天独厚所致。不用说他们，连我也爱她。但可惜，她太重视她的美丽了，也是太辜负她的美丽了，她总是拿她的美丽来安慰自己而误掉别人，她不再想到利用她的聪明、她的智慧技能来联络友情。所以她在这时候，尽管有许多好朋友，但是将来一个朋友也维持不住。我并不愿意拿我的美丽来骗人，他们喜欢我，我也并不想到我的美丽是以叫他们喜欢，至少我觉得他们喜欢我，就是他们的可喜欢处。我对于爱我的人们，虽然我不一定要接受他，或是爱他们，可是我对于他们总表示相当敬意。"

陆小棠道："我觉得这和我不同，如果我不喜欢这个人，他就是如何爱我，甚至为我牺牲，我也不感谢他。我以为那是他自己那样做，与我何干？"

黎若梅道："这就好像个人主义了。"

陆小棠道："什么叫个人主义，假如一个好色的登徒子爱你追逐你，你也对他表示敬意吗？"

黎若梅道："所以我先要看他爱我哪一点，不过，多么坏的人，我相信我能够把他改正过来。即或实非我爱，我就利用他那点情感来改换他的行为，我始终相信社会是以女性为中心的。社会的一般罪恶，多一半是为了女人，假如女子有改造社会的志趣，必须先从自身做起，女人个个成了好妇人，男人便立刻都能成为好丈夫。男人总以为他们在玩弄女性，其实不知道他们都是离不开女人而活着的。现在的女人，多半自私，没有一个有社会思想的。以往的旧女人，她们还为着'家'而生活着，现代的女人，连家都没有了，光是为了自己。我们看报纸上的凶杀案，就拿现在杀子的郭华氏说，不都是因为自私才发生这样的罪恶吗？"

正说着，陶华又跑来道："他们还在等着，希望你这时就去。"

黎若梅道："你倒真听他们的指使。"

陶华说："他们都说你跟我好，要我跟你说你才去。"

黎若梅道："你不会叫他们来找我吗？"

陶华道："他们都不好意思来，他们虽然爱你，可是又怕你。"

黎若梅道："好，我就去。"说着，转身便走。

陆小棠道："我回宿舍去。"

黎若梅道："和他们谈谈也没什么关系。"

陆小棠道："我不去。"说着，回到宿舍去了。

黎若梅便和陶华一块儿走着，她的步调儿是那样稳重大方，显得陶华越发活泼轻佻了。

陶华道："陆小棠怎么不去？"

黎若梅道："她的个性很弱，其实她心地、思想、天才，都是很好的，她和世故隔离着太远，离世故远有时就仿佛不近人情似的，其实这才是人类的真面目呢。不过社会上的人们，因为戴面具惯了，所以反而不认识本来的面目，偶尔一见，竟觉得奇怪了。"

她们走着，忽听旁边有一人咳了一声，她们回头一看，一个高年级的同学，低着头跑了，跑了几步又回过头来看。

黎若梅仍旧走着，陶华道："他们都好像怕你。"

黎若梅道："我有什么可怕？"

说着，来到高三宿舍门前，早有人告诉他们说黎若梅来了。黎若梅站在他们门前，亭亭玉立，比蜡人馆里的雕塑还美丽好看。高三的同学都躲在宿舍不出来了，这个推那个说："是你叫她来的，你去跟她交谈吧。"那个说："你不是说你很爱她吗？你怎么不出去，同她谈谈有什么关系？"这个说："你去呀，你把她叫进来。"大家互相推诿，这一来却更没有人好意思去同黎若梅说话了。却有人在屋里说道："嘿，真美丽呀，进来坐呀。"说完大家全笑了。他们好像在调戏黎若梅，黎若梅假如脸一红起来，或是转身一走，他们非是哄起来不可。

谁料黎若梅却很大方地进来了，说道："我来了，有什么见教呢？"

大家全默然了，反而客客气气地让道："请坐请坐。"

黎若梅道："我不坐，就要上自习了，诸位功课很忙吧？"

她是那样大方自然，大家被她拘束得都那么安静，竟仿佛见了先生似的。这个对那个说："你不是说要跟黎若梅交朋友吗？你怎么不说了？"那个说："你做的那篇《忆梅》拿出来给她看。"另一个说："你也别说他，你不是也做过一篇新诗咏梅吗？"那个笑道："别瞎说了。"大家都笑了起来。

黎若梅知道他们都很爱自己，他们对于自己，平日不知怎样思想，遂笑道："什么大作，我看一看，拜读一下，我也学一学。"大家越发笑了，大家见黎若梅这样大方不拘，更表示一种敬爱了。

这时，听差摇铃，大家道："上自习了。"都仿佛舍不得这个难得的聚会似的。

这时就听校役一边摇铃，一边嚷着说："请先生们都到礼堂。"

大家一听，莫不惊奇，都到礼堂干什么。黎若梅道："这一定是为剪发的事。"

大家道："对了，一定是，我们非反对不可，我们高三差半年就毕业了，还叫我们剪头发，多时才能留长了呢。"一边说着，一边走到礼堂。

全校学生都来了，大家纷纷议论，都低声地说："我们都说不，看他怎么样？如开除，全不念了。"

这时训育主任来了，慢慢走上台来，脸上永远那样严厉的样子，两个腮帮子也永远凸着，仿佛他天天时时在生气，但又不知生着什么气。当训育主任的如果不凸着腮帮子那就不够派头似的，训育主任的标识就在两个腮帮子上。学生见了训育主任，就有点怕他，倒并不是怕他的腮帮子，而是怕他有训育的权威，大家默默不言，就听他的。

训育主任在台上站了几分钟，才说出话来，贵人语话迟，充分表现着。他道："今天把你们集合在这里，你们也许有知道的，我特意借着这个时间，跟你们正式提一下，就是剪发问题。学校的校誉好坏，全看同学的精神如何，最要紧的是整齐严肃。你们不要忘记你们是学生，学生的本分是什么，你们也屡次听说过。学校不是家庭，在家庭里是小姐，在学校就是学生，学生就得有学生的精神才成。如果跑到这里做小姐，那是绝对不允许的。现在各校都一律剪发制服，表现一致的精神。我们学校，素来很有好名，社会上差不多都知晓的，我们更不能落在人家后边。关于剪发问题，一来是为表示学校的一致精神；二来为表现你们学生的本分；三来也是一种卫生和经济的问题。就拿你们烫发来说，固然一个一个单着看，仿佛是很美观了，但是合起来一看，便显得那么乱七八糟。有的飞机式，有的高射炮式，有的卷烫，烫得和挂着许多麻花似的，有的满头上都烫着，像个土耳其的火鸡似的，哪一点美呢？并且也不卫生，时间也不经济，金钱也费得多。你们想一想，为什么还要烫发？本校从下星期起，就是从大后天起，你们全都得把头发剪短了，不然不准上课。"

大家一听，默默不言，都想，一律给他不剪，他也没有办法，这是根本不想剪的学生。那剪也可以的学生，亦不言语，反正剪短就剪短，没有关系。大家都不言语。

训育主任刚要下台，忽然有个年轻一点儿的学生说："究竟应当剪多长短呢？"

训育主任道："这个没有尺寸，因为人的头部大小不一样，自然长短不能都会一定尺寸，最好是与颈部齐着，要把脖子盖起来就得。"

又一学生问道："还准烫卷吗？"

训育主任道："当然不准，一律要直的。"

又一个学生问道："前面的额发呢？"

训育主任道："前面的随便，但也不要奇形怪状，什么嘉波式啦，不要那些名堂。"

又一个学生道："剃秃子可以不可以？"大家一听，全都笑了，一时空气又为之缓和许多。

训育主任道："你愿意剃秃子就剃秃子。"大家又笑了，可是还有许多噘着嘴的。

训育主任说完走出来之后，有的就喊了起来："偏不剪去，看他怎样?"也有几个唱和着说不剪,希望大家就此哄起来,全体齐心一哄,学校便没辙了,什么事只要齐心,一定能够成功。可是结果并没有喊起来,于是几个不愿剪的便嚷嚷着说:"中国人永远不会齐心的,完啦。"为了这一点事,把中国人都说上了,倒好像自己不是中国人。他们虽然觉得人心不齐,可是仍想私自违令。尤以白芍芬激昂得厉害,因为她的美,有一部分是仗着头发,头发既短,风骚便减,真是没意思透了,她决心是不剪。

那胆小怕开除的便先剪了。还有用功的,根本不在乎头发的长短,中学生还不必讲究美,于是也全剪了。还有讲究美的,以为美须自然,发短不一定就不美,何况大家都这样短呢? 有的是的的确确为了时间、金钱、精神的种种经济,乐得乎趁着机会剪短了。有的根本就留着短的发型,无须再剪。有的长得不好看,对于那搔首弄姿的,平时就非常嫉妒,有了此次机会,也仿佛是一种报复心理,很快地把头发剪短,并且还劝别人快剪。

第二天礼拜六,布告又一贴出去,全体学生都知道了,当天便有一半人剪去。第二天礼拜日,理发馆都忙起来。也有许多在家里自己剪的,剪完了照镜子一看,有的把嘴凸得很高,有的竟笑了起来,好像变了一个人。那住在学校的,便在宿舍里剪了,彼此互相给剪。

丁郁芬和陶华全跑到黎若梅的屋里,她们几个人算是她们这班里年轻的,又活泼又好玩。而丁郁芬尤是带一点俏皮的样

163

子，她虽然为了体育先生的话，不高兴一天半，但是现在又快活了。她永远是那么快活的，偶尔不高兴起来，噘着嘴，或哭上一阵子，也就算了。并且谁和她好谁和她不好，她都不记在心里，刚和她打了一通架，马上再和她谈话就又说又笑。陶华也是这样。不过两个人不大相同的就是丁郁芬有时能够牺牲，而陶华却完全得她合适才成。丁郁芬还是天真的孩子，而陶华却染上了一点冷气了。

她们全在黎若梅的屋里，屋里边还有陆小棠和冷菊英两个人。白芍芬是出门了，她是不放松礼拜日的，每礼拜日她必一清早就出去，一直到晚上才回来。这里黎若梅给陆小棠剪着发，陆小棠坐在椅子上，黎若梅站在她的背后，陆小棠肩上披个毛巾，黎若梅便像理发师似的给她剪着。

陶华对丁郁芬道："我给你剪好不好？"

丁郁芬道："好。"

陶华长得美，丁郁芬也是喜欢她的，所以她一说给她剪，她便首肯。陶华叫她也坐在椅子上，用长手绢系在脖颈间，拿把剪子给她剪。

陶华问道："要短一些吗？"

丁郁芬道："短一点也好。"她是喜欢利落的。陶华便仿照黎若梅，先用拢梳拢了拢，便用剪子在丁郁芬的脖子后面剪起来，一边剪一边笑。

丁郁芬道："你别笑呀，回头再剪了我的皮肤。"

陶华手下便把丁郁芬的头发剪得短了，然后再取齐。她道："照照镜子看短不短?"

丁郁芬道："成啦，可别再去了。"

陶华道："再齐一齐呀，还不齐呢。"说着，在左边的剪下一块来，一看，右边又长了，遂在右边又剪了一下，再一看左边又长了，好容易两边齐了，当间又长出来了，把当中剪了一剪子，两边又长出来像个燕的尾巴。

陶华一边剪一边笑，黎若梅一看，也笑起来道："别剪了，都剪得不像样儿了。"

丁郁芬道："我快看看吧，把镜子给我，我说怎么剪得没完呢。"说着，方把镜子抄起来，连陆小棠看看都笑了。

丁郁芬一看，把嘴噘起来道："你瞧瞧，这成什么了，男不男女不女的。"大家又笑，陶华笑得那么好看，同时她又有点不好意思的样子。

丁郁芬又没了气，她也笑起来道："这怎么办呢?"

陶华笑道："你干脆到理发馆去推个男子的分头去吧。"

黎若梅道："也好，现在很多女孩子都喜欢男装。"

丁郁芬道："那人家一看，一定要疑惑我是陶华的情人了。"

陶华打了她一下，黎若梅笑道："对啦，明天我告诉同学，非要闹蝶儿不可。"

陆小棠道："你还不去推?"

丁郁芬道："哟，这么难看哪，走在街上人家都得看我，等到晚上再去吧。"

黎若梅道："丁郁芬推男子的分头，还不难看。"

陆小棠道："像一个银幕上的英俊小生。"

丁郁芬道："那陶华更得爱我了，可是那高三的同学都恨起我来了。对了，不要紧，高三同学有黎若梅呢。"

黎若梅笑道："真讨厌，你的嘴还不老实，再不老实你的头发更要短了，这就是报应。"

她们说笑着，丁郁芬道："陶华你过来，我给你剪。"

陶华道："不，我不叫你剪，我叫黎若梅剪。"

黎若梅道："你放心吗?"

陶华道："放心。"

丁郁芬道："给她剪成花巴秃。"她们又笑起来。

黎若梅道："你这叫借剪杀人，可惜我不能受你的利用。"说着便给陶华剪。也搭着陶华脸蛋儿美，所以剪短了头发之后，越发显得年轻可爱。

丁郁芬道："这一来我可更不放心了。"

陆小棠道："有什么不放心的?"

黎若梅道："她又跟陶华开玩笑了，准的。"

果然丁郁芬笑着道："这样漂亮，岂不更容易叫人夺了去吗?"

陶华便追着打她，丁郁芬便往外跑，跑出去后又跑回来，说道："我不敢出去呢，人家都看见我多么难看呢。"

陶华笑道："这就是报应呀!"

这时，冷菊英在屋里瞧着，始终也没说一句话。她在看一本小说,她的感情正随着小说的内容起伏奔腾着。她不是没有感情,别人看她是个冷酷的人,其实她的性情有点孤傲就是了。她若是认为谈得来的,一样源源不断地说,平时她只把她的感情用在思想上,她有她的一种理想环境,所以对于现环境有时倒觉得隔膜很远似的了。这样的姑娘,多半因为感情过于浓厚,而对于现状总感不满。她思想丰富,遂假设这么一个适合自己的环境,憧憬,追寻,自己安慰自己。思之过久,而对于现实环境越发憎恶。她又没有改革现在环境的力量,所以她只有冷静、沉默,孤洁自赏,而人们却看她成为没有情感的姑娘了。她对于剪发,虽然不赞成,可是也不反对。到了晚间,她一个人到理发店去剪了。

晚饭时候,大家来到食堂,互相看着,笑声不绝。有的怕看,在屋里也蒙着一块大头巾。黎若梅虽然也剪了发,但怎么看着也是与众不同,真奇怪,她也是那样剪短,为什么她就那样好看呢?

到了晚间快上自习的时候,白芍芬才回来,她的头发还是没剪,她看见别人都剪了,不由奇怪嚷道:"你们都剪了吗?"

大家道:"你怎么还没剪?"

白芍芬不乐意了,她嘬嘴道:"你们都剪了,我呢?"

黎若梅道:"你也就剪去完了。"

白芍芬道:"我偏不剪,开除就开除,长头发短头发碍着念书什么了?"

冷菊英道:"是的,我不明白学校到底为什么连头发都要管。"凡是不满意现状的话，冷菊英全是表同情的。

黎若梅道："可是剪了也碍不着念书什么呀。"

但是她不理会那一套，白芍芬始终也不剪，她是为了美丽而不剪。冷菊英不赞成剪是为表示不满现状，假如学校叫学生把头发都留长了，她却偏要剪短，她就是那种性情，教育家应当了解女孩子这种心理来教育她，不能认为她是捣乱学生而加以强迫，越是这种学生，是越有天才的。

要知后事如何，且看下章。

第二章　似闲还似忙

闲话少说，咱们还是小说消遣吧。

白芍芬躺在床上嘟着嘴，嘟嘟囔囔的，忽然她想起今天的快乐，同着男朋友划船，不由又唱起歌来。

黎若梅笑道："你真是机器。"

白芍芬道："今天北海好玩极了，人真多。"

黎若梅道："你的头发倒是剪不剪呢？"

白芍芬又生气起来道："不剪偏不剪，今天在北海看见有几个发型真好看。"

黎若梅道："我看你如果剪短了的话，一样美丽，或者更显好看也未可知。"

白芍芬道："是吗？"她站了起来，跑到镜子前站着。

黎若梅道："我可先声明，我的话可不负责任，如果你剪了之后自己觉得不美，可不能怨我。"

白芍芬一听，又嘟着嘴道："我不跟你好啦。"

黎若梅笑道："反正你得剪，除非你回家做小姐去。"

白芍芬道："我不念了成不成？"

黎若梅说道："为了头发而牺牲功课吗？"

白芍芬不言语了。这时自习铃响，大家都去了，白芍芬道："若梅，你就说我不舒服，给我告假吧。"黎若梅只得答应去了。

屋里光剩下白芍芬，她站在镜子前，看了看自己的头发，前影后影都看了看，然后用手巾把发的下半边遮住，仿佛剪去了的样子，又来回照了照，似乎是没有原来的好看，可是又看不出怎么样来。自然，剪去和遮掩是不同的，遮掩究竟是遮掩，她再三仔细观察，越看越眼花，怎么也看不出美观来了。有时看着美，有时看着不美。她的手和脖子都酸了，一赌气又躺在床上。闻着自己的发香，抚触自己的脸蛋儿，究竟对头发产生了浓厚感情，她真舍不得剪去它们。一直躺到人下了自习，她还没有决定剪还是不剪。

黎若梅走进来道："倒是怎么样，想好了主意没有？"

白芍芬看了看她们的头发，黎若梅道："你看，我们都剪了，不是也不难看吗？我相信你若剪了，更好看。"

白芍芬道："我方才遮着试了试，总觉得不是样。"

黎若梅道："当然，乍一改样，总看着不顺眼，但是习惯了就没有什么了。方才在食堂还有人蒙着头巾，上自习就全没有了，因为大家都是这样，便不难看，反而看着蒙头巾的有点稀奇了。我们天天照镜子看惯了，改了样不顺眼，若是叫一个不认识你的人看你，不也很平常的吗？"

说得白芍芬心眼活动了，她道："明天一清早再剪。"

这时，别的屋里喧哗起来，白芍芬连忙跑去看。原来丁郁芬和陶华跑到一个床上躺着，大家向她们起哄。白芍芬又走回来道："丁郁芬那孩子竟把头发剪得和男孩子一样了，所以大家哄起来，我觉得这真无聊。"

黎若梅道："谁像你的男朋友那么多。"

白芍芬一听见男朋友，又想到头发来，她想到自己一剪头发，男朋友们是不是还爱自己，她又不高兴了，倒在床上睡去。

第二天早晨起来上课，大家看看，总有点眼生，互相谈论。白芍芬呢，她还没有理发，躺在被子里，不愿起来，她怕人家都剪了发，自己没有剪，怪不随群儿的，自己显着那样特别反而倒觉得别扭了。她对黎若梅说："你给我告假吧。"

黎若梅道："你总是这么告假也不成啊。"

白芍芬道："你说我剪去了好不好看?"

黎若梅道："现在也顾及不到好看不好看，求学总还是要紧的，难道你真的为了好看而牺牲功课吗? 你也太好浮华了，不管好看不好看，还是剪去了。"

白芍芬道："我就讨厌，干吗念书必得剪发?"

黎若梅道："那你不能说这个，为了公共的秩序，你得遵守，这并不是女性的弱点，服从共同的秩序是应当的，服从一两个人的那才是弱者。你就是剪了，也没有人笑话你，全都剪了，以五十步笑百步，谁也不那么傻。"

白芍芬道："我就问你，我剪了是不是难看？"

黎若梅笑道："那还是问你的男朋友去。"

白芍芬生气道："你看你真没有正经。"

黎若梅道："不难看，我相信你剪短发更为好看的。"

白芍芬道："真的吗？"

黎若梅道："真的，我不冤你。"

白芍芬道："那么我去剪吧，你给我告半天假就可以了，下午我剪了就能上课了。"

黎若梅道："好吧，你去吧。"白芍芬把头发往上一卷，又蒙了头巾，匆匆地走出去了。

黎若梅走出宿舍，往教室里走。忽然看见一个女孩子，在一个角落里掘着土，好像埋着什么。她过去一看，那女孩子还流着眼泪。

她很奇怪，便问道："你是怎么了，有什么不高兴的事吗？"她以为那女孩子是失了恋。

那女孩子却又笑道："我作了一首诗。"

黎若梅道："我可以看一看吗？"

那女孩子便递给了她，她接过一看，却套的是红楼梦黛玉葬花的句子，不过把"花"改成了"发"了。黎若梅这才知道她埋的是头发，她不由笑道："你真是一个富于感情的孩子。"

那女孩子道："哼，她们有的还包起来放在箱子里，有的寄给她们的情人，还不如我把它们埋起来呢。"

172

正说着，陶华从外边跑进来，笑着嚷道："黎若梅，你得请客。"

说时是背着手的，黎若梅晓得必是拿着什么东西，或是自己丢落的，说："拿来吧，我一定请客。"

陶华道："你猜一猜是什么？"

黎若梅想了想，想不出来。陶华道："是你最喜欢看的。"

黎若梅仍是想不出来。这时丁郁芬追了来，偷偷地在陶华背后猛地把她手里的东西一抽，就抽去了，吓了陶华一跳。回头一看是丁郁芬，便道："讨厌，你凭什么抢我的？"

丁郁芬道："怨不得那么一会儿就不见了你，原来拿人家的东西，叫人家请客，好没出息。"

黎若梅一看，原来是一封信，她料着除了家里人的信以外，没有什么男朋友给自己写信的，所以她也放心。她道："那么你给我吧。"

丁郁芬道："好容易抢来的，不能白给，请吃冰激凌。"

陶华笑道："好没羞，咱们也不知是谁没出息？"

黎若梅道："好吧，我已经答应了说请客，我一定请。"

丁郁芬双眼看了半天信，说道："这笔艺术字写得真不坏。"

黎若梅一听是艺术字，心里纳闷了，家里人给自己写信，向来没写过艺术字，这是谁来的呢？她便说道："拿给我看。"

丁郁芬还不给她，逗着她玩。陶华道："你看你，给人家得了，你知道人家心里多么着急呢。"

丁郁芬道："嗬，你这儿来帮腔来了，你不说倒好，冲你这么一说……"

陶华道："更不给啦？"

丁郁芬道："我给啦。"说着把信递了过去。

她们都道："哪儿学得这么厌气。"

丁郁芬道："你不知道我怕你吗？我惧内。"她没等说完便先跑，当然陶华便追了她去。

黎若梅笑着把信拆开，果然这笔艺术字很眼生，写得倒是很好看，也费相当的工夫呢。她也不知道谁写的，只见上面写着：

若梅小姐：

　　我是一个几乎天天相见的人，我所以写这笔字体，为是怕您认出我的笔迹来。我所以要写这封信的缘故，就是因为忍了许多日的满腔热情，现在怎么也抑制不住了。我知道您看见这封信，也不过一笑而已，然而果能一笑，我也要感到万分荣幸，只要您不生气。我是天天可以看见您的，您大概不大注意我，虽然您也认识我，但我觉得全校也只有您一个值得我倾慕的。您的美丽、您的大方、您的智慧，几乎都不是我敢写出来而且所能写出来的万分之一。我早就爱慕您，但我不敢有一点儿表示，并且我相信我永远不会向您表示出来。这不是我的自尊，而是尊重您呀！

我写这信不过叫您知道世界上有一个人在暗暗地热烈地爱慕着您就是了。我每天见了您，就如同我跪拜在圣母面前那样尊敬、虔诚、严肃而愉快。您的一喜一忧，也就是我的一喜一忧，您的一言一笑，没有不深印在我的脑子中，而且永久不忘。我今天见了您，我这天的工作便很顺利，而且高兴地做完了。如果没有见着您，说不出是那么寂寥、烦闷。若梅小姐，您真是主宰了我的整个生命了。我这样热烈地爱慕您，但我不愿意叫你知道我是谁，我只是写了这封信便满意了。假如叫您知道我是谁，我觉得那时会使您失去庄严，加重我的罪了。您应当博得世界上所有人的爱，但世界所有的人没有一个配爱您的，您就如同圣母只能使人尊敬景仰。若梅小姐，我要结束这封信了，但是我的爱慕的话却没说得万分之一。祝福您，愿您永远快乐！

敬爱您的人上

黎若梅看完了，不觉奇怪起来，这是谁的信呢？信上说几乎天天见着我，是谁呢？是校里的同学，不至于写这封信，并且这信一点不像女孩子的口气。校外的又是谁呢？虽然有许多流浪式的男学生追逐，但他们没有一个像能写得这样信的。并且信上说怕认识他的笔迹，这一定是认识的人了。可是认识的

175

人又何必写这封信呢？也许是开玩笑，但开玩笑也不必费这么大力气。这封信写的时间，就得占一两个钟头，谁费这个力气呢？她想了想，也没想出来是谁。她不愿意随便撕掉，被人家捡了去反而不好，不如先保存起来，等知道是谁写的时候，再拿出来还给"她"，也许是"他"。想罢，便收到自己书箧里面。上课了，便把这事忘了。

她给白芍芬告了半天假。到了下午，白芍芬仍是没有来，她只得又给她告了半天假。到了晚上，白芍芬才匆匆回来了。她一看，头发仍是没有剪去，不由问道："出去一天也没有剪吗？"

白芍芬无精打采地说道："没有。"她是见了她的男友，问她男友剪短好看不好看，她男友大概不赞成她剪短，所以她竟没有剪，就回来了。

黎若梅道："明天我可不再管给你告假了，你自己告去吧，我真没见你这样三心二意的。一个剪发是自己的事，这样求人家同意做什么？女为悦己者容，这简直是糟蹋女性。我们为什么净听人家的话呢？再说，你的男友光爱你的美，那就不算是真爱，如果真爱你，不用你剪短，就是剃光了，他一样爱你，这才是真的爱情。明天你真剪短了，看他还爱你不爱，如果不爱你，你就趁早不用爱他了。"

白芍芬一听，又加了勇气，说道："好，明天我先照一个相，照完相再剪。"

黎若梅笑道："何必还要照相？头发不是两三个月就可以

176

生长了吗?"

白芍芬道:"现在不是发居住证吗? 也得要相片。"

黎若梅道:"那不成，相片是长头发，本人是短头发，将来检查还要麻烦呢。"

白芍芬道:"真讨厌，要不然你给我剪了吧，你给我剪了，剪下的头发还可以留着。"

黎若梅道:"你还是理发馆去剪吧，人家手艺好，我给你剪了，将来你的爱人不爱你了，我负不起这个责任。"说着笑了。

白芍芬下了决心道:"明天一定去剪。"

第二天，白芍芬又告了半天假，出去了。为了头发告了一天半的假，多么冤呢? 自己想着都要笑了。

黎若梅道:"白芍芬这个人真是没有决心，优柔寡断。"

到了晚上，白芍芬果然剪了回来，她用头巾蒙着头，不叫别人看，谁要看，她就嚷。黎若梅道:"其实这有什么? 难道你能天天这样吗?"

白芍芬道:"我不准你们笑我!"

黎若梅道:"我不是也这样吗? 你越是这么隐藏，人家看了越要笑。"

这时有人冷不防把她的头巾一掀，给掀了起来，白芍芬立刻嚷起来:"这个小鬼，真讨厌!"她一边嚷，一边用手捂着，大家都笑了。

黎若梅道:"你看，你若是大大方方地叫人家看多好呢，人家也不会笑的。"

　　大家看了看说道："这不是很好吗？比以前更漂亮了。"说得白芍芬又高兴起来。第二天上课，又故意叫人看了，她完全是为人而生活呀。

　　大家上了课，到正午下课，大家全到食堂，吃完了饭有的回到宿舍，有的到教室，有的出去买东西，有的到信箱去看信。黎若梅想买点儿东西，她托陶华给带。陶华道："我们一块儿去得了。"

　　丁郁芬道："是不是，把我甩了！"

　　黎若梅道："我可以叫你放心的。"

　　丁郁芬道："也就是你，别人就不成了，因为我也喜欢你。"

　　陶华说："你瞧你这嘴，越来越敞了。"

　　她们一块儿往外走着，走到信箱前面，陶华道："黎若梅，你看，你的信。"

　　丁郁芬道："唉，还是那一个人的。"说着，便跑过去要抢。

　　黎若梅道："你不准动我的信。"

　　丁郁芬却早已拿在手里道："我不看，我只问你，这是谁的信。"

　　黎若梅道："我不知道。"

　　丁郁芬道："什么不知道，你不告诉我，我可要拆开了。"

　　黎若梅道："我真不知道，我没有看呢，我怎么会知道。

你给我，我看过了，我就知道是谁了。"

丁郁芬道："你别冤我了，我给了你，便也不说了。你怎么不知道？前天那封信，不也是这个人的吗？你看，这也是一笔艺术字，不是跟那封一样吗？"

黎若梅道："真的，我真不知道，那封信里并没有姓名。我想这信里也许有了姓名也未可知。"

陶华道："没看姓名，那你也能看出是谁来的呀？"

黎若梅道："所以我也很奇怪呢，我竟看不出是谁来的。我想这封信也许能够看出来了，给我吧！"

丁郁芬道："那封信写的是什么？"

黎若梅道："你把这封信给我，我就告诉你们，请你们也帮助我看看，这是谁的。"

丁郁芬便给了她，她们一边走出校门。黎若梅把信放在皮夹子里道："回头再看，哪有走在街上看信的。"她是不愿意把人家的信随便给别人看，她愿意把这信人不知鬼不觉地退回去，不伤寄信人的面子，免得叫他难堪，这也是对寄信人一种好意。看他给自己写的信，并没有一点恶意，自己又何必以恶意招他呢？假如闹出去，虽然自己并不知寄信的人是谁，而寄信的人却知道自己，这一来，他也许恼羞成怒，即或不怒，不也是叫他很难堪吗？自己无形中得罪一个人，是不上算的。再者说，他所以匿名，大概就是怕自己给他宣传出去，自己能够保守秘密，他也许就把真名姓告诉自己了，所以仍是不给别人看的好。同学的嘴，又全好造谣，有枝添叶，一个芽子能够说

179

成一棵树，信若落在别人手里，还不知要说些什么。好在丁郁芬和陶华都是很好的孩子，她们是不会胡说的。但是嘴也不大谨慎，不会瞒着的。

她这样想着，而丁郁芬和陶华却还逼着问，黎若梅无法，只得假意道："我告诉你们吧，这是我表哥给我来的。"

陶华道："想不到呢，来得这么勤，前天一封，今天又一封。"

丁郁芬道："你不知道，后天还有一封呢。"

陶华道："怎么隔一天一封?"

丁郁芬道："你真傻，隔着一天是人家回信的日子呀。"

陶华鼓掌道："对呀，这封信是回答昨天黎若梅寄走的信，是不是?"黎若梅笑了笑，也没有说什么话。

走到大街，买了东西，黎若梅在咖啡馆里请了她们吃点冷食，然后又走回来。正好打预备钟，她们回到宿舍拿书，走进教室。教室里正有许多同学在闹蝶儿，闹得不亦乐乎，硬把两个同学弄在一起，大家要她们两个人吃糖。其实这两个同学本来感情平常，经大家一哄，反倒把她们哄得好起来。黎若梅当着大家也不好看信，便也跟着她们一起哄。

一会儿上课了。这堂是国文，先生走了上来。先生是个青年，态度很沉静，读书时颇诚恳卖力气，说话又轻松动人，学生差不多都喜欢他。他叫温少清。上课之后，他说："今天是作文，给你们出个容易的题目。"说着，便在黑板上写了一个题目。大家一看，是"端阳节纪事"，便都喜欢了，因为这个

180

题目好做。可是也还有抓耳挠腮，写不出文章来的。

这里黎若梅最喜欢作文，尤其是记叙文里夹着一些抒情文字，写得是非常俏丽。温少清先生时常夸黎若梅的文章写得最好，于是黎若梅也非常喜欢作文。黎若梅是有着天才的，再一得到鼓励，更要超出别人百倍了。

她这时身上还带着那封信，老想乘着别人不注意的时候，掏出来看。但是今天温少清先生却特别，总是两眼不断地看着自己，大概因为自己是这班的高才生的缘故，想着看自己怎么写文章，可是那封信却始终拿不出来了。心里越是想看那封信，越是写不下文章去，越是写不下文章，越是想看那封信。她似乎有些不安的样子，而温少清先生却更要看她了，看得眼睛都直了。不知谁咳嗽一声，才把温少清先生的灵魂叫了回来。

黎若梅写了一句文章，想道：这封信是不是写着名字呢？写了一句文章，又想道：这信里说着什么？写一句想一句，想也没想出个所以然，而文章却写得不成系统了。她自己也不明白，这还没有恋爱，并且自己也没有想去恋爱，而自己的心情却被扰得这样不安，真是奇怪。无怪人家都说恋爱是苦的，一点儿也不错。文章马马虎虎写得了，比平常日子要晚得半点钟，这样她还不敢交卷，等到别人有交的了，她才交上去。作文交了之后，便可以随便下堂，她走出教室，马上回到宿舍，拿出那封信来看。

打开看时，比前封写得尤其好。信上说：

181

我相信我写一万封信也不会把我的衷曲写得尽了，写一万封信也不会把我爱慕你的意思写得完全。这第二封信距离你完全表现出我的爱慕来还远得很，所以我并不希求着什么，也不把姓名告诉你，我只是告诉你，有个人在暗中独自地向上帝给你祈福而已！我们的安琪儿，你是多么美丽大方呀！自忐忑地把第一封信寄给你之后，看到你的面容，并没有不高兴的样子，我非常快乐，所以这第二封信寄得较快一些。倘如我看到你有一丝不高兴，无论在什么时候，我就不再来打扰你了。

　　她看完了之后，仍然不知是谁的信，一笔艺术字，写得很整齐。她想，也许是高三的同学，不知是谁写的，想定了，等慢慢访查。先由陶华嘴里探一探口气，先打听人，然后找笔迹一对，就能对出来。这个工作要十分秘密，不然露出去，便查不着了。看这信的样子，对方是无时不在注意着自己。她想罢，便把信又收了起来。这时心里稳下去了，然后又来看书。

　　这时冷菊英走了进来，黎若梅道："这回我的作文糟糕了，你怎么样?"

　　冷菊英道："我发了一大篇牢骚，你怎么写的?"

　　黎若梅道："我也不知道怎么写的，马马虎虎写了就交了上去。你发了什么牢骚?"

冷菊英道："人家都说过节怎么快乐，我却说这节过得太没有意义，更不应当快乐，哀吊屈原是一种悲哀的事，而现在的人大吃大喝，快乐非常，一点不想到粽子的意义。说古时，说现时，都没有快乐的必要，所以我主张根本不过节。"

黎若梅道："你这是翻案文章，好极了！"

冷菊英就无时不这样表现着不满现状的态度。她对于黎若梅还好得多，如果遇到别人，她只是用一种冷笑与讽刺的态度，说些令人难堪的话，所以许多人都和她不大相投。冷菊英说："我看见白芍芬那里正在写吃粽子，跟姑母听戏，跟表哥划船，连篇累牍，真是大文章啊，呵呵！"她的冷笑又出来了，她以为白芍芬的文章虽然长，但是没有灵魂，非得在文章里发发牢骚，才算是好文章。黎若梅知道她的脾气是非常孤傲，所以也不和她多说，只得顺着她说了几句。

她这时想到那封信，又不禁一阵困扰，她以为如果知道那个人是谁，马上把信给了他，就算完事，心里也自坦然。这样接到无名信，虽然这无名信是好意的，但总使自己心里有一块病似的。她又想，自己是这样的理智，为什么为一封无名信闹得自己不能安宁呢？放下吧，只当着没看见。

她走了出来，在庭院里散步，忽然见一群高三同学拉着陶华，强拉她走。陶华见了黎若梅便叫道："黎若梅，黎若梅！"

黎若梅走过去道："你们又闹不是？"

那同学道："她跑到顾大姐那儿要字条，所以我们非得把她和顾大姐弄一块儿，叫她们请吃糖不可。"

黎若梅笑道："你们这是馋了，随便抓个理由要人家糖吃，多不害羞!"

大家不听那套，只是一抱。陶华道："你们等一等，我把这字条交给黎若梅，我一定跟你们去。"说着，把手里的字条，已经揉成一团，递给黎若梅道："你看一看，她的笔迹像不像那信上的。"

黎若梅一听，知道陶华是为侦查寄信人的笔迹，所以跑到顾大姐那里找字迹去。她大概看顾大姐形迹可疑，或是顾大姐平时对自己有什么批评，或是她看着顾大姐的字迹很像，所以把字条要个来给自己看。不料同学们看见了，或是顾大姐说出来，于是大家便借这机会要糖吃。

她怕陶华说出信的事情，遂对陶华道："她们叫你请吃糖，你就请吃糖，没有关系，回头我给你钱，那件事你可不要说呀!"

陶华答应道："我一定不说。"

她说完后，同着高三同学去了。另有一群推着顾大姐走来，顾大姐名字叫顾大洁，因为她平时非常稳健，有心眼儿，对待同学很和蔼，常给同学们解劝纠纷，出个主意什么的，所以同学都叫她顾大姐。顾大姐平时常说她就喜欢两个人，一个是黎若梅，一个是陶华，大家早想把她们撮合一下。今天陶华为了黎若梅的信，去到顾大姐那找字条儿，顾大姐真是欢喜非常，不由向同学们谈了几句，同学便借了这机会，非要闹蝶儿不可。大家把她们两个人拉到一块儿去，问她们两个人请吃糖不请，如果允许请吃糖，便算这两个人有意了。顾大姐当然没有问题，她马上答应请吃糖，并拿出钱来。问陶华呢，陶华只是不言语，但是大家是非要她拿钱来请客不可，不然不能甘休。后来陶华实在无法，只得答应了。

她一答应了，大家便欢呼起来。而顾大姐尤其高兴，她道："我替她拿钱，不必跟她要。"说着拿出一块钱来。

大家喜道："一人五毛，好极了，马上就买去。"说着，便叫老妈子到街上买糖。有人主张买五毛钱的冰棍，大家赞成，老妈子买去了。

陶华道："我可以走了吗?"

大家道："那我们就不管了，就看顾大姐叫你走不叫你走了?"

陶华道："我走了。"一边说着一边跑开了。

跑回宿舍，丁郁芬正伏在床上哭。陶华说："哟，怎么了?"

丁郁芬道："我不是跟你说，不叫你理她们吗?为什么又要顾大姐的字条儿，你要跟顾大姐好就不必理我了。"

陶华道："你瞧你，我是给黎若梅探听那个写信的人去了，她们便闹起来，黎若梅又不叫我跟她们说明了，所以我只得不言语，你瞧我以后还理她们不理。"丁郁芬仍是不言语，还生气的样子。

陶华也生气道："爱理不理，干吗呀?"

丁郁芬扑哧一下，倒笑出来了。

185

陶华道："你真是机器!"

丁郁芬道："你要是理她们⋯⋯"

陶华道："你瞧你这小心眼儿，那么你呢?"

丁郁芬道："我也跟你们一样。"

陶华道："我们找黎若梅去。"

于是拉了丁郁芬找黎若梅。黎若梅正在研究字条上的笔迹，和信上相比是不大一样，有时又可以挑出一样的地方来。

陶华道："怎么样?"

黎若梅道："看不出来，还得慢慢调查，我看你们不必管这些事了，这不是很平常的事吗? 终究有一天我会知道他是谁的，把信退了回去，万事大吉。"

丁郁芬道："还这么麻烦，干脆交到训育处，大家都知道了，他也就死了心。"

黎若梅道："不好，那样容易引起反感来的，那样得罪人，是要吃亏了。何况他这信的意思，并没有一点恶意呢!"

陶华道："为什么他不直接写出他的姓名来呢?"

丁郁芬道："要是我，我就不费这邮票钱，这不是白搭吗? 傻子!"她们笑起来。

黎若梅道："你们还不晓得，情到最高点，就是痴了，这样是可以看出他的真情来。"

丁郁芬道："那我也不干。"

黎若梅道："你还说到那个时候，现在什么时候了，又快到吃晚饭的时候了，一天一天地过得真快，人们多活一天，便多一天的回忆，便多一层苦恼，走吧，我们到操场上散散步。"

于是，一块儿走出来。陶华道："白芍芬哪儿去了，怎么老看不见她？"

丁郁芬道："哼，人家比我们高，天天往教员屋里跑，到考试的时候，不是为多得些分吗？"

黎若梅道："白芍芬有点社会化了，冷菊英老和她合不来，两个人的性情，整整相反。"

她们来到操场，除了看见两个人一堆两个人一堆地谈着天以外，还有一群一群地闹着蝶儿的事。她们各处去找那可以弄到一块儿的，便给人家撮合到一块儿。找不着便强拉到一块儿，闹着要糖吃，她们就好像蝴蝶一样各处去寻香寻艳。看着她们好像是很忙，闹完了这处再闹那处，闹完了这俩便又去拉那俩，而其实她们正是闲得无聊，才闹这些玩意儿呢。

丁郁芬和陶华跑到一过道去谈话，丁郁芬又怕她被别人拉去，她说："我简直不愿意你理她们。"

陶华道："有的也可以理。"

丁郁芬道："我就只准你和黎若梅好，不准跟别人好。"

陶华道："我也愿意你只跟黎若梅一个人好。你说奇怪不奇怪，怎么她总是叫人看着喜欢？"

丁郁芬道："实在，不但是喜欢，而且还敬重她。"

她们在一边说话，高三的同学们便哄闹了顾大姐，刚吃完冰棍，心里略踏实一点，便想找点是非来做。她们嚷道："瞧呀，陶华又跟丁郁芬跑到一块儿去了，大姐又孤单了。"

顾大姐一听，十分难过，但是她表面却装作镇静，她说："我总有一天，把陶华弄到我的手里。"顾大姐颇有自信，可是大家却不知她要怎样再夺到手里。

顾大姐真稳健，她不动声色，就是给她一个死追。陶华到哪里，她也到哪里，陶华出门，她也出门，陶华骑车，她也骑车，不管丁郁芬跟着不跟着，她总是毫不放松。除了上课、睡觉没办法以外，其余的时间，她就死跟着，甚至上厕所她也跟了去。她也不一定要跟陶华说话，只是两只眼睛看着陶华，有时没有丁郁芬时，她便追过去和陶华说话。

先陶华有点讨厌她，可是日子久了，如果没有顾大姐跟着，她倒觉得奇怪而寂寞似的。顾大姐的策略是持久战，只是腻，腻就腻出感情来。她有时对陶华很体贴，真仿佛尽她大姐之责，努力维护她。陶华有时不高兴，给她一种脸子或是言语，叫她难看，她一点儿也不生气，也不急，老是笑着对陶华。那种温柔体贴的力量，致使陶华感觉着温度来了，又加着丁郁芬的脾气，比起顾大姐来差得远又远，陶华遂渐渐有倾向顾大姐的样子。顾大姐又总是问暖问寒的，有时陶华的功课忙不过来，顾大姐便给她整理，算术替她算，笔记替她抄，作文替她做，甚至于袜子都给她洗，衣服给她缝，这全是丁郁芬所不能为的。陶华的心分成两半了。

这天，顾大姐看见陶华的衣服破了一个小口儿，她也不动声色，不当着面指出来。到了晚间，她拿了针线，来到陶华的宿舍，慢慢地给她缝上了。她又找到陶华的床底下，有陶华的袜子还没有洗，她拾起来，放在怀里，回到自己宿舍，偷偷给陶华洗了。一边洗着一边得意，仿佛有一种说不出来的快活。第二天晾干，偷偷拿回去，给陶华放在床上。

陶华回到宿舍一看，自己的袜子被别人洗了，而且晾干，那破的地方给补上，她真是说不出来的欢喜。她道："这一定是顾大姐干的，顾大姐真好。"

丁郁芬听了，过来把袜子一团，扔在地下，说道："这洗洗袜子又有什么好，你真是意志薄弱的人。"

陶华道："其实你也是意志薄弱的人，要不然干吗生气？"

丁郁芬道："我生你气，人家给一点便宜，便立刻说人家好。"

陶华道："好当然说好，不好当然说不好。你瞧你这气性，怎能叫人说好？"

丁郁芬越发生气道："你准不说我好吗？你变了心了吗？"说着瞪着两个眼睛看着陶华。

陶华道："什么叫变心哪？我说谁好，一定是谁好，事实摆在眼前，还用强辩吗？"

丁郁芬道："我就不准你说她好。"

陶华道："她要好，就值得叫我说。"

丁郁芬道："你说就不成。"

陶华道："我偏说了，你怎么样吧？"

丁郁芬过去，便拧了她一把，拧得陶华痛起来。陶华也不容，拿拳头打了丁郁芬一下。

丁郁芬道："你真不服气吗？"便又打了她一巴掌，陶华也抓了她一下，丁郁芬过来抱住她就咬。那玉臂两只都没有袖子，全露在外边，一直到肩头，丁郁芬照着肉多的地方就咬，咬得陶华直嚷，她也不饶人，两个人厮打一处，把头发全弄乱了。

打了一会儿，两个人都疲乏了，坐在床上，对面生气，喘着，谁也不再理谁。情绪一时整理不过来，只是沉默。两个人沉默了许久，渐渐觉得这沉默的空气有点好笑，想起方才打的一阵，也颇好玩。陶华仍自噘着嘴，丁郁芬已经禁不住笑意了，尤其她看到陶华那红的脸蛋，蓬乱的头发，臂上咬的牙印儿，她不由笑了出来。陶华一听她笑，初还绷着脸，斜眼看她，可是后来却禁不住受她这笑的诱惑，自己的笑神经也动起来，她也笑了。

她是想冷笑她的，而丁郁芬一见她笑，她越笑得厉害，陶华也哈哈笑起来。两个人笑得有点止不住了，好容易陶华看见袜子还在地下，已经被践踏得不像样子，她又噘起嘴来。可是丁郁芬一见她拿起袜子来，不由又笑起来。陶华仿佛有点委屈似的，她笑着拿起袜子，团成一团，照着丁郁芬的脸上打过去，正打在丁郁芬的鼻子上，她一见，也笑起来。丁郁芬跑过来又捽她，两个人又打在一处。打了一会儿，喘了一喘气，又要笑。

陶华道："你干吗笑？"

丁郁芬说："你干吗笑呀？"两个人又笑起来。

190

陶华站了起来往外就走，丁郁芬道："你上哪儿去？"

陶华道："我找黎若梅去。"

丁郁芬道："我也找她去。"

陶华道："你去我就不去了。"

丁郁芬道："你不去我也不去了。"

陶华道："跟人学，变狗毛。"

丁郁芬要过来拧她，陶华道："我可一点劲儿都没有了。"

丁郁芬道："那你为什么还气我？得啦，我们谁也别气谁了，走吧，我们一块儿找黎若梅去。"

说着，便去拉陶华。陶华道："等一等，你瞧我的头发全乱了，你的头发短不怕什么。"说着，两个人便整理了整理，携着手走了出来。刚出门不远，顾大姐却在迎面站着。

要知后事如何，请看下章。

第三章　映日忽争起师生恋爱

　　丁郁芬和陶华两个人携手走出来，看见顾大姐正在迎面站着，陶华仿佛有点不好意思，可是丁郁芬却做出更亲密的样子，揽着她的臂，一边笑着一边走，给顾大姐看，气顾大姐。顾大姐果然有些难过，可是她还是不放松，她在后边跟着。陶华回头看了她一眼，她看到，高兴起来。可是丁郁芬却生气道："不准看她，快走！"说着，拉了便跑，一直跑到黎若梅的屋里。

　　黎若梅正拿着一封信仔细看，见她们进来，便把信叠起，仍放箱子里，说道："请坐！"

　　陶华道："还是那一封信吗？"

　　黎若梅道："不，这是第四封信了，我都给他留着呢。"

　　丁郁芬道："还没有透露他的真姓名吗？"

　　黎若梅道："没有，笔迹始终也没有改，内容也还差不多。"

　　丁郁芬道："再来信你不会不看，原封给他搁着。"

　　黎若梅道："我本来也是那样打算，可是我总想这封信也许写着真姓名吧，打开一看没有，下一封信我又这样想，这封信许有真姓名了，仍是没有。"

丁郁芬道："有没有不理他算了。"

黎若梅道："不理他，他却老是写上没完，万一训育主任高兴检查一遍，多不合适呀？"

陶华道："那怕什么的，并不认识，那有什么关系呀？"

黎若梅道："可是，呀，你的臂怎么划了一道子，这是什么伤痕，这里还有，你干什么了？"

丁郁芬道："你看，我还有呢。"说着，伸出臂来给她看。

黎若梅道："你们都做什么了？"陶华笑了。

黎若梅道："你们打架了吧？"两个人全笑起来。

黎若梅道："你们为什么打架呢？"

陶华道："叫若梅给评评理吧。"

丁郁芬道："评评理也没有关系。"

黎若梅料到是因为顾大姐的原因，便道："你们也不必说了，好好地在一起谈谈玩玩，不是很好吗？何必总是吵吵闹闹，像什么样？"

丁郁芬道："你那信给我们看看好不好？"

黎若梅道："看它没用，不过我总纳闷这个人也太奇怪，绝不像是我们的同学写的。可是除了同学又写不出这样的情形来，他连我在教室的情形都说得很对。"

丁郁芬道："他许是同学的家人，或是谁的哥哥，谁的弟

193

弟，她常常回去和她哥哥或弟弟说起你来，而引起他们的敬慕，你说是不是？"

黎若梅道："也许有之，因为信的词句，不是我们同学所能说出来的。那种情感，也是女孩子们还没有发现的。不过信里的话来看，这个人还是天天见我，你说奇怪不，并且他始终不露他的真姓名，一定有一种不得已的苦衷。同学们或同学们兄弟，便不会有这种顾虑了。"

陶华道："真是奇怪，他为什么要这样做呢？将来如果知道他是谁的时候，我非要问问他，到底是怎么一回事？"

丁郁芬道："有什么奇怪，这种人都有一种神经病，顾大姐给你洗袜子，偷偷送回来，不也是神经病吗？"

黎若梅道："怎么，洗什么袜子？"

陶华不愿丁郁芬说，可是丁郁芬却说出来了。她道："顾大姐乘她不在屋，偷偷把袜子衬衣都拿了去，洗完了晾干了，然后再给补上，偷偷又送了回来。这倒是不花钱的老妈子，哈哈。"她笑了起来。

黎若梅叹了一口气道："唉，天下自苦的人这么多！"

丁郁芬道："谁说苦呀？苦她还干？告诉你说，她还洗得高兴呢，闻着袜子都是香的，哈哈。"她又笑起来。

黎若梅道："这究竟是苦呢，还是乐呢？神秘的情感呀，这是世界上大文学家们所猜测不透的。"

丁郁芬道："你又大发议论了。"黎若梅一笑也就算了。

她们在屋里说话，顾大姐便在院子里徘徊，等着陶华出来。她同班的同学有的见了，便劝她不必这样，不是自找苦吗？顾大姐却说："我认为这是一种快乐，我高兴这样做，我愿意为她牺牲，我愿意为她吃苦，这是伟大而纯洁的爱情啊！"大家一听，都不禁笑她，而她还得意得很，假如人人能够知道她是爱陶华，她就心满意足了。她想无论如何，陶华的小心眼儿里，不管是好的或是坏的，反正有她一个影子。

　　她到了自习室，人家全预备学业考试，她却写起文章来。题目是"怀桃花"，她拿桃花隐着陶华。她写道：桃花呀，你真美丽，人家都说你轻薄，我却说你是活泼。落花有意，流水也不是无情，当你飘然地回顾我时，我真是透体通爽，快活极了。桃花呀，快飞到我的怀里来吧，我真爱你呀！

　　文章写完了，还投到学校的文艺报上。大家一看，便知道是写给陶华看的。而陶华也知道这是写给她的，她并不憎恶顾大姐，有时特意招顾大姐如醉如狂似的追逐她。可是丁郁芬拿起那张报纸，撕得粉碎，她道："这屁文章，还投稿呢！"陶华也没言语，陶华这时被顾大姐这种活腻，真是心里活动多了。她不时想到顾大姐，她觉得顾大姐是一个最爱自己的人。在这世界上，如果没有一个人来爱自己，这实在是非常寂寞的，她因为顾大姐这样地爱自己而感到顾大姐的可爱来。

　　她时常乘着丁郁芬不在旁边的时候，跑到高三那边去。虽然不跟顾大姐说话，可是她的意思却是叫顾大姐看看自己，使她引起情感来。顾大姐见了她，也不好意思同她说话了。真奇怪，两个人的心里都想念着，可是一见面却一句话也没有了，谁也不理谁，顾大姐两只眼睛光是看着她，陶华却是一会儿瞟她一眼。待了一会儿，她又要离开这儿，心里明明是想在这里多待一会儿，但是又要拿着一点架子，这种心情，真是神秘，真是矛盾。

陶华道："我该回去了。"

别人都笑道："你真怕丁郁芬来找你吗？"

陶华道："我才不怕她，我净跟她打架的。"

同学道："为什么呢？"

陶华道："我就不服她嘛。"

大家趁这时又加上几句道："本来这丁郁芬脾气太不好，谁跟她在一块儿，谁才倒霉哟。"这个说："丁郁芬那人坏透了，爱骂人，怎么那么野。"那个说："丁郁芬的功课不好，总有两三门不及格。"……大家你一句我一句，说得陶华也觉得再和丁郁芬好，简直显着自己太没有价值似的。人言可畏，一点也不错。

她一边往回走着，一边低头想。这时顾大姐却在后边跟着呢，见陶华今天这样慢慢地走，十分奇怪，她平常总是很活泼地跑着跳着。顾大姐咳嗽了一声，咳嗽完了，又有点不好意思。陶华听见后边有人咳嗽，回头一看，却是顾大姐，她不由一笑，笑得顾大姐从心里快活起来。她低声叫了一声道：

"陶华。"

陶华站住了，回头看着她。顾大姐走上前来，说道："我跟你说一会儿话可以吗?"

陶华道："可以。"

顾大姐竟不知说什么好，两个人往操场上走着。顾大姐道："我在壁报上写的那篇《怀桃花》，看见了吗?"

陶华笑道："你见了吗?"

顾大姐道："你看怎么样，请你评论一下。"

陶华笑道："我不懂，我的学问浅。"

顾大姐道："你真会客气，你多聪明呀!"

陶华道："我才不聪明呢。"

顾大姐道："你们班上功课忙不忙?"

陶华道："现在不忙，下月恐怕要忙了，暑假考试，又是一个难关。"

顾大姐道："你若是有什么不明白的地方，我可以给你补习。"

陶华道："谢谢你，就是几何还有几道题不明白。"

顾大姐道："哪几道不明白，我告诉你。"她恨不能马上就讲给陶华听，为的是博得陶华的欢心，今天难得陶华能够和她说话。

陶华道："先不忙呢，等你们毕业考试完了后。"

顾大姐道："没有什么的，我们整夜地开夜车。"

正说着，忽然走过两个同学，向她们一咳嗽，顾大姐笑了。

陶华道："你回去吧，回头丁郁芬又要找我来了。"

顾大姐央求道："我们再多说一会儿话，丁郁芬怕什么的，你真怕她？"陶华于是又和她一块儿走。

顾大姐道："我给你洗袜子，你见到了吗？"

陶华道："谢谢你，为了它，丁郁芬还和我打了一架。"

顾大姐道："真是岂有此理，这也管得着？她又不是家长老师，她能干涉人家的自由吗？哼！"

陶华道："她那人倒是不坏。"

顾大姐道："什么不坏？我要是你，我绝不理她，为什么把人家看成她私有的了，她一点儿也不知道体贴温柔。"那意思是夸自己会体贴温柔呢，陶华没有言语。

顾大姐道："你真美。"

陶华笑道："还有比我美的。"

顾大姐道："没有了。"

陶华道："黎若梅比我漂亮。"

顾大姐道："黎若梅架子太大，没有你天真，她世故很深似的，不好。"

陶华道："你给黎若梅写信了吗？"

顾大姐道："没有，我干吗给她写信呢？"

陶华道："大概是你们班上的同学给她写的，你知道不知道?"

顾大姐道:"我想是没人给她写信的,谁也不碰她那颗钉子。"

陶华道:"你给打听打听,可别叫人知道,慢慢探听,是谁给黎若梅写信来着。"

顾大姐道:"你为什么忽然想起这个来?"

陶华道:"黎若梅这两天,天天接到一封无名信,她叫我给打听。"

顾大姐道:"写无名信骂她吗?"

陶华道:"不是,说是爱她。"

顾大姐道:"真怪,天下还有跟我一样痴的人。"说着,向陶华一笑。

陶华低下头去了,她是真美丽,她已经由幼女的天真活泼,进到少女的贞静来了。

顾大姐道:"星期日我们可以一块儿玩去吗?"

陶华想了想道:"我回去了。"

顾大姐道:"我真不愿意离开你,可是……"

正说着,丁郁芬跑来了,气哼哼地过来便拉陶华。陶华一见她这种样子,心里不高兴了,她道:"干吗呀?"

丁郁芬道:"跟我走!"

陶华道:"上哪儿去呢?"

丁郁芬道:"回宿舍去。"

陶华一想，回宿舍必是一场大战，与其回到宿舍里打，莫不如就在这里和她反目算了。

她道："我先不回去呢。"

丁郁芬道："你怎么不回去？"

陶华道："我不愿意回去。"

丁郁芬拉她不动，假如在操场上打起来，叫人家也笑话，她赌气地自己回宿舍去了，又生气又难过。

陶华这时却觉得丁郁芬脾气不好了，顾大姐趁着这时便说道："你瞧，其实同学在一起走算什么，她必要这样闹气。若是走在街上这样，人家多么笑话呢。"

陶华也觉得顾大姐实在有大姐的风度，正是自己的一个爱护者。

她道："你能永远跟我好吗？"

顾大姐道："我永远跟你好，就是你不跟我好，我也跟你好。我永远不向你发脾气，我永远拿你当作亲妹妹看待，比亲妹妹还要亲。"

陶华道："那么你是我的好姐姐了。"

顾大姐道："不，我是你的好哥哥。"说时笑了。陶华也半倚着她，两个人并肩走着。

顾大姐道："明天星期六，后天礼拜，我们上哪儿玩去？"

陶华这时毫无考虑地笑着说道："我们上北海去吧。"

顾大姐道："好极了，我们一直玩到晚上，在那里划船，北海的月色美极了，我们静静地在海心里，一边听着浪声，一边看着月色，一边谈着话，多么美呀!"

陶华一听，果然有点陶醉。她这时完全不喜欢丁郁芬了。她们两个人在操场上徘徊，顾大姐给她说故事，给她打扇，真是体贴之至。直到上自习，两个人才分手。

陶华和丁郁芬相见，谁也不理谁，丁郁芬噘着嘴，仿佛下了决心，她感到失去伴侣的悲哀。她为了自尊，她绝不先理陶华，陶华也不理她，两个人竟像仇深似海了。下了自习回到宿舍，两个人也不理谁，越是不理的时间久，越是不好再说话。

第二天，两个人仍不说话。下了课，陶华便拿了几何到顾大姐屋去问。顾大姐又给她买冰棍，又给她拿水果。这时大家都知道了丁郁芬和陶华犯了意见，以为她常常这样打了又好，好了又打的，所以她们这次不说话，也不介意。有人想给她们说和，可是两个人的态度都非常坚决。丁郁芬的意思非得叫陶华鞠躬赔罪不可，陶华的意思是叫丁郁芬前来赔礼，并且不许以后再限制她的自由。两个人各走极端，绝不相让。大家看这样很僵，一时不大容易说和，以为缓和几天，她们也就好了。若是没有顾大姐，她们准是可以重修旧好的，这里有个顾大姐，便不大容易了。

同学的方面，有的说顾大姐不好，说她不应当夺人家的好朋友；有的说丁郁芬脾气不好，说她失去了对朋友的感情。纷纷纭纭，其说不一。而陶华越发和顾大姐好了，她觉得顾大姐的脾气真好，自己怎样向她发脾气，她总是不恼的。说也奇怪，自己的性情，也不知怎么就一阵变得不温柔起来，时常就生气，有时觉得气闷，有时觉得烦躁，也不知是什么缘故，连她自己都不明白。

礼拜这天，陶华和顾大姐一清早就在一起，下午又一同到北海去玩儿。两个人到了北海，全都感到一种兴奋和快乐。她们过了桥，便上了山。

顾大姐道："你累吗，我扶着你。"

陶华道："我不累。"

她们到了上面，便找了一块大石头，并肩坐了，上面绿荫蔽天，非常凉爽。

顾大姐道："这儿真凉快，我愿意有这么一块地方，一辈子也不离开它。"

陶华道："那么你就睡在这里好了。"

顾大姐道："没人管我的吃呀？"

陶华道："还是啦，先得解决吃的问题才成。"

顾大姐道："吃还在其次，我认为朋友是最重要。朋友是精神的食粮，假如你愿意跟我在这儿，那么我饿死也是情愿的。"

陶华笑道："你愿意饿死，我不愿意饿死呀。"

顾大姐道："假如我们在一个深山里，我种菜给你吃，我汲水给你喝。"

陶华道："那也不干，我愿意活在都市里，干什么都是方便的。"

顾大姐道："我觉得都市的人太俗气了，整天吃喝玩乐，一点思想也没有。"

陶华道："但是跑到深山里去，也不见得有意思。"

顾大姐道："可是在深山里的至少比都市里的人高超，都市的人，太庸庸碌碌，行尸走肉一般。"

陶华道："都市里有英雄，深山里尽是废人。"

顾大姐道："我听说有草莽英雄、绿林英雄，却没有听说都市英雄的。"

陶华生气道："我回去了，你是跟我抬杠。"

顾大姐慌忙道："我不抬杠了，我不抬杠了。"这才把陶华拉住。她道："小姐真是好大脾气呀。"

陶华道："我就是这样儿，你爱理我不理。"

顾大姐道："理你理你，我没有不理你的。"她是小心翼翼地对付着陶华。

这时，忽然她们看见白芍芬同着一个男的，穿着西服，两个很甜蜜地走。

顾大姐道："她不是你们班上的同学吗，叫什么？"

陶华道："叫白芍芬，人家才是交际花呢。"

顾大姐道："什么交际明星，我就不赞成这种人。一个中学生，老讲究交男朋友，男人就没有一个好人，一个靠得住的

203

都没有。"

她极力说男性不好，陶华心里也觉得男性朋友不可靠，但总还是想有个异性朋友交交也不错。顾大姐又说："同性的朋友比异性的朋友强得多，我觉得同性朋友的快乐，比异性多得多，滋味总是不同。"

陶华没有交过男朋友，她不晓得交男朋友怎么快乐，小心眼儿里有时也想到这种滋味是怎么一回事，但是只是想而已。她看到白芍芬这样同着男朋友亲密的样子，想着是很快乐的，这种快乐，与自己和顾大姐的快乐，当然不同。在这种公园的环境里，同异性朋友一块儿走，与同性朋友一块儿走，看着也觉得异性朋友甜蜜。

这时白芍芬已经走过来，她和那男朋友谈得兴高采烈的，并没有看见陶华。

陶华叫道："白芍芬。"

白芍芬一看是陶华，不由喜道："陶华，你同谁来的?"

陶华忸怩道："一个同学。"

白芍芬一看顾大姐，便道："她不是高三的吗?"

陶华道："对啦。那个人是谁呀?"

白芍芬笑道："表哥。"

陶华笑道："嗬，多帅呀。"

白芍芬笑道："还行吧，再见。"说着，她又同那男人走了。

陶华回到顾大姐的旁边。顾大姐道："她说什么来着？"

陶华道："没有说什么，我问那男子是她什么人，她说是她的表哥。"

顾大姐道："哼，什么都是表哥，天下做表哥的都被她们利用着和男人恋爱了，你有表哥吗？"

陶华道："有，有三个呢。"

顾大姐道："现在都在哪儿？"

陶华道："大表哥在日本念书呢，二表哥在南京念书。"

顾大姐道："三表哥呢？"

陶华道："三表哥在北京大学念书。"

顾大姐道："他们都结婚了吗？"

陶华道："我大表哥订婚了，在日本和一个日本女人订婚了，我二表哥和三表哥都没订婚呢。"

顾大姐听了，心里不大舒服，她道："你三表哥多大了？"

陶华道："比我大两岁，漂亮，功课也好。"

顾大姐一听，越发不舒服，她道："你们常见吗？"

陶华道："常见，他时常到我家里去。他对我好极了，他时常给我买小说书看的。"

顾大姐道："你们有爱情没有？"

陶华笑道："我不懂什么叫爱情。"

顾大姐道："他是不是很爱你？"

陶华道："我不知道，他心里的事，我哪里知道？"

顾大姐道："那么你爱他不爱？"

陶华道："你为什么老问这个？"

顾大姐道："我难过。"

陶华道："我若是爱他，我为什么跟你到这里来呢？今天礼拜，他一定到我家里去了。"

顾大姐一听，这才欢喜。她道："我们走一走，坐船到小西天玩去。"

陶华答应着，便同她往漪澜堂走去。

到码头上了船，过到北岸，然后两个人来到小西天。在那里坐了坐，谈了谈学校的事，太阳已经落下去了。她们便在五龙亭喝了一点儿汽水，才慢慢往回走着。回到学校已经过了饭时，顾大姐买了许多点心，叫听差给陶华送去。

这时有许多人已经知道陶华和顾大姐上北海去了。丁郁芬在屋里哭了一天，大家都劝她，不必那样重感情，同学和同学的相好，这有什么关系？同学多得很，谁都可以做朋友。但是丁郁芬始终不听。大家知道她最听黎若梅的话，便去找黎若梅来解劝她一番。

黎若梅说："劝她倒是没有关系，假如她对我再用感情，不是一种苦恼吗？"

大家笑道："你的态度最合适，暂时把她苦恼转变过来，也就成了。"

黎若梅只得找到丁郁芬，便对丁郁芬道："陶华那孩子是

206

个活泼的孩子，她富于情感，素不听别人诱惑。可是我相信她不会对你不好起来。她那孩子对谁都是那样，你若是对她好，她一定也对你好的。你不必这样苦恼，你越是这样，她越是不喜欢你，倘若你仍是对她像以前那样好，她一定更喜欢你。你看顾大姐，她就是占一个脾气好，她不管陶华怎么发脾气，她总是那样对她，所以她能够成功。回头她回来，你别对她吵架，你想你一见她就跟她吵，她还能喜欢你吗？一个是见面就吵，一个是给她洗袜子，你想她喜欢谁呢？现在交朋友，都丢掉了古人的义气意味了，只是能够一块儿玩乐，便是好朋友，这都不对的。起来，我们散散步去！"

丁郁芬被她一说，心里略微好些，可是她仍有点不痛快。她说："反正我不理她啦，我恨她，我一点也不喜欢她。"

黎若梅道："你不能这样说，倘若她先跟你好，你仍是喜欢她的，这种自己打自己嘴巴的话，最好不要说它。走吧，到外边散散步，或进到街上走走，回来我见着她，我同她一说，也就成了。"

丁郁芬遂擦了脸，同黎若梅走出来。黎若梅看她那可怜的样子，几乎自己都要给她安慰，爱了她。丁郁芬这孩子向来是活泼的，被这种畸形的恋爱所刺激，已经失去了天真活泼。感情这个东西，是很奇怪的，而唯独女人天赋独厚，所以女人永远是可怜的，是悲哀的种子。黎若梅道："我们到西单大街走走，这时西单牌楼是最热闹不过的。"她们两个人便到西单

207

来了。

西单牌楼在晚间真是热闹非凡，一般人都跑到这儿来避暑的，各商店门前都是金碧辉煌的电灯，各商店门前都设着无线电，各商店门前都拥挤着好多人，热，只有热。

黎若梅道："我们到热闹的地方去呢，还是到清静的地方去呢？热闹到咖啡屋里，清静到中南海。"

丁郁芬道："我们到中南海吧。"于是她们便到了中南海。

进了中南海，才看见月色是这样的美丽，海里隐约摇着几只小舟，有人在上面唱歌，海岸的灯光和天上的星星似的，争着明灭。丁郁芬喜欢极了，黎若梅道："我们划一只小船到海中心去吧。"于是她们买了船，划到海中心。

海是静的，只是暗中送来划水的声音。月亮在南海的门楼上边，张着她明亮的玉颜，真美呀。她们不划了，任船之东西，她们坐在上面谈天、谈功课。丁郁芬非常喜欢，她感到黎若梅太好了，对着自己，她是这么美丽，她不觉有点沉醉，小心眼里对于黎若梅一阵阵地跳动。

黎若梅看着她那呆样儿，以为她又想起陶华来，不由笑道："干吗这样呆呢，又想谁呢？"

丁郁芬笑道："真好看，这月色。"

黎若梅道："走吧，我们回去吧。"说着，她们便往岸头去划。划到码头，交了船，她们便步行着回到学校。丁郁芬见了陶华，两个人谁也不理谁了。

黎若梅回到自己屋里，听差送进一封信来，说："下午来的，你始终没有拿去，所以给送来。"

黎若梅一看，又是那无名的信件，她因为沉闷而频繁，有些生了气。她想，你就是说了你的真姓名，也没有关系，何必老是这么匿名？假如真不愿意我知道姓名，那就根本不必写信。想罢，一扯，把信扯成两半，信纸由里而落出来，她不由又把信纸拾起，一看，已撕成四半了。于是她又对齐了看，只见上面写着：

快放暑假了，要和你分别了，再见须两个月后，多么长的日期呀。这封信，我想把我的真姓名告诉你，可是终于胆小又没有写。你愿意见我吗，你愿意知道我是谁吗？我可以告诉你，不过我须先得着你的回信，如果你的确愿意知道我，而不憎恨我鄙视我，我一定叫你知道每天写给你信的人是谁了。自第一封信寄给你后，你的环境，一点儿不理会，学校当局也没有知道，我想到你这样大方，这样仁慈，越发敬爱你了，你若喜欢知道我，那么请你于三日内，写封回信，放在本校信插内，信皮上写着何许仁收即可。当然，这个名字仍是个假名字。

黎若梅看完，心里犹疑起来，究竟是写信不写呢，如写了，万一叫别人看见了，多么不合适。不写呢，又想知道这个人到底是谁。她想了许久，也想不出一个好办法来，是写，是不写，是怎么写，一个问题一个问题地想。一直到睡入梦中，也没有想出一个极妥善的办法来。

第二天上课，教员们都不讲书了，叫学生温习功课，教员在讲台上一坐，学生有什么不明白的可随时问。这堂是国文堂，教员温少清给她们讲到暑假作业，叫她们在暑假里做日记，并且出几个题目叫她们在家里做，又说："暑假里，你们如果有什么要看，或是有什么要问的事，也可以到学校来找我，我仍是住在学校里的。"

白芍芬道："温先生不回家吗?"

温少清道："不回家。"

白芍芬道："那么温先生不想温太太吗?"

温少清道："不想。"

白芍芬道："但是温太太想温先生呢?"大家笑起来。

这里白芍芬最爱说男女间的一切事情，只要这环境里有男性，她就愿意待着，只要谈话谈到男性，她就高兴，她是最需要异性安慰的姑娘啊!

丁郁芬道："人家不同你，你是想惯你的情人了。"大家又笑。

白芍芬道："我没爱人。"

陶华道："没有爱人，昨天在北海……"

白芍芬道："那有什么关系，有爱人也不犯法。"

温少清道："不要抬杠，你们的专长是爱抬杠，抬着抬着，谁也不理谁了，过几天又要闹蝶儿。"

大家笑起来道："温先生怎么也知道闹蝶儿这句话？"

温少清道："你们天天嚷，我还不知道吗？"

大家谈谈笑笑，下了课。丁郁芬因为陶华在班上向着自己说话来着，不禁对她又要好起来。下了课，她叫道："陶华。"

陶华见丁郁芬先理她了，所以不得不回答她道："干吗呀？"

丁郁芬道："你这儿来，我跟你说话。"

陶华走过去道："怎么样吧？"

丁郁芬道："你干吗老这么生气的样子，你不会对我更温和一点吗？"

陶华道："你先对我不柔和的。"

丁郁芬道："我一定对你柔和，我绝不和你吵架的了。"

陶华道："真的吗？"

丁郁芬道："真的，你瞧，我若是和你吵架，我是小狗。"

陶华道："你若是一吵嘴，我就不同你好。"

她们正说着，大家又嚷起来："闹蝶儿，闹蝶儿！丁郁芬又和陶华好起来了，请吃糖呀！"大家又把她两个人包围了，丁郁芬和陶华两个人都笑着答应请吃糖。大家叫她们把钱拿出来买，因为下一堂没有课。

黎若梅看着她们闹，不觉笑着走了，她来到温少清先生的屋子里。温少清一见黎若梅进来，非常欢喜，连忙让座。

黎若梅道："我不坐，我来问温先生一点事。"

温少清道："什么事？"他很奇怪。

黎若梅道："我想在暑假里写一篇小说，您给我改一改可以吗？"

温少清道："那还有什么不可以？不过看你写什么，写小说必须有人生经验，假如你写的我没有经验过，我也改不了。比方要写一篇少女的心理，那么我还得求你改呢。"说完笑了。

黎若梅道："温先生太客气，温先生的作品我读了很多，写男女的心理，都非常透彻。我现在有件事要问先生，您对于社会生活经验是很丰富的。"

温少清问道："什么事？"

黎若梅道："没有什么事，假如一个女孩子时常接到无名信，向她追求。她想要知道这写信的人到底是谁，那写信的却始终不露真姓名，最后有一封信说，如果给他回信，他就可以告诉了。我问您，这封回信能不能写？写了之后，有什么影响没有？"

温少清道："看你这回信怎样写了。"

黎若梅道："不是我写回信，我打算写这么一篇小说，说到一个少女被一个无名的写信表示热爱。"

温少清笑道："请恕我唐突，我竟以为是你自己的事了。"

黎若梅笑道："不是，是我打算写小说。"

温少清道："那么你打算把那少女写成什么样的心理呢？"

黎若梅道："她因为根本不认识写信的人，无法表示态度，所以我想写她是不是要写信的矛盾心理。可是这里有一样不清楚的，我写她是一个纯洁的女孩子，您说她应不应该写回信？"

温少清道："可以写回信，但不必表示态度。"

黎若梅道："是的，我也是这样想，但是对方是不是拿着这封信做一种要挟呢？"

温少清道："但须看对方是什么样的人。"

黎若梅道："并不知道。"

温少清道："不知道你怎么写小说？这是你个人的事吧？"

黎若梅脸红了，说道："是的，我先是撒谎了，请您原谅。"然后把过去的情形，每封信的内容，都和温少清说了。

温少清一听，点了点头，说道："据他的信来看，这个人倒是一个痴情的人，不必拿他当作狂荡的人看，不过你的谨慎也是对的。约他见个面谈谈也可以，合就不妨交往下去，不合就算了，交朋友也没关系，把信退回去，也不必声张，叫许多人知道。"

黎若梅道："您说我这封信应当怎么写呢？"

温少清想了想，说道："你是不是诚意要见他？"

黎若梅道："自然。"

温少清道："假如你见了他并不爱他，怎么办？"

黎若梅道："只依照信来说，他的感情、他的学识，都是使我感佩的。我想即或他本人不会叫我爱，但我也不会摒弃这个朋友的。"

温少清道："那么你这回信这样写好了，就说……还是随你吧，我不参加意见，我以为你怎么写都没什么关系。"

黎若梅笑道："您瞧，说给我出主意，又不管了。"

温少清也笑道："我以为由你自己写，对方能够看出你的心情来，倘若依照别人的意见来写，就未免虚伪了。据你所说的情形来看，你可以无须怀疑对方不诚恳，他或者正怀疑你的态度不诚恳，所以不敢写真姓名给你，倘若你能表示真态度，我想他是不会再隐瞒的，因为他是多么热烈地爱你呢。"

黎若梅低下头去了，半晌，她道："温先生暑假不回家吧？"

温少清道："对了，我暑假想多看一点书，所以不回家了。同时还有一个原因使我留在这里。"

黎若梅道："什么原因呢？"

温少清道："那不必说了，没有用处的。你暑假里都打算做什么，有个计划吗？"

黎若梅道："我打算写两篇小说，可是又不敢写，怕写不好，温先生能教给我怎么写吗？"

温少清道："好，我们一起研究，希望你暑假里常来。你写小说，是不是已经有了结构？"

黎若梅道："有，可是不大好。"

温少清道："是写实呢，还是理想的？"

黎若梅道："是我瞎想的。"

温少清道："那么可以说给我听一听。"

黎若梅笑道："等我写出来给您看得了。"

温少清道："现在先大略说一说也无妨。"

黎若梅道："我想写一个女郎，她又有学问，又有钱，但是她爱了一个没钱的青年，这个青年是很用功的，他知道这女郎很有钱，自己觉得齐大非偶，所以不敢接受女郎的爱。因此这个人发生了很大的误会，甚至决裂友谊。后来那个青年知道那女郎真的爱了自己，于是又重归于好。"

温少清道："那么另一个呢？"

黎若梅道："另一个我还没有想好。"

温少清道："你大概受了美国小说的影响了，听你所说的故事，很近于影片文艺真味。"

黎若梅道："对了。"

温少清道："我在闲暇里，也要写一篇小说。"

黎若梅道："您打算怎么写？"

温少清道："我也想写一篇爱情故事，内容写出来你再看吧。"

黎若梅道："您何不先说出来呢？"

温少清道："故事是非常平凡，没有什么可说。"

黎若梅道："那么您打算哪天写出来呢？"

温少清道："不一定，现在我每天选择各种材料，因是事实还没有结果。"

黎若梅道："怎么，您这是事实吗？"

温少清道："也可以说是，也可以说不是。写得了你再看吧，大概我写出来很快。"

黎若梅道："那好极了，温先生若是写出来，最好先给我看。"

他们谈了一会儿，黎若梅忽然看见温少清的桌上，散着几张纸，上面横着竖着地写满了各种字体，里面也有艺术字，许多的艺术字里，有两个字和自己每天接到的信上的字一模一样。她很奇怪，后来一想，艺术字体本来甚多，写得一样，也许有之。

她正发怔，温少清便把那字纸一团，扔在纸篓里，说道："暑假里，我还想练习练习字。"

黎若梅道："这倒也不错，温先生的字写得已经很好了。"

温少清道："不成。"

黎若梅道："尤其是艺术字，写得更好。"她特别提出艺术字样来。

温少清却毫无感觉的样子道："是吗，你在哪里见过？"

黎若梅道："方才在这张纸上。"

温少清道："哦，更不好。"

这时，听差走进来说，"温先生，赵先生请您摆棋。"

　　黎若梅走了出来，她回到宿舍，急忙把所留的信，拿出来看那字体，她又细读着信的词句，越觉得像温少清的口气。可是方才向温少清试探的时候见他却没有表示什么态度，仿佛一点也不知道的样子。况且温先生也未必能够爱自己，也许是他替别人写？不会的。莫不是别人学着他的字体写的？这也有之。慢慢地探着，总有水落石出之日。他既然这样爱我，总有表明他是谁的一天。

　　她心里盘算着，越想越高兴。因为平日她最敬佩温少清，假如真的温先生能够这样爱自己，这也是非常荣幸的事。她把信又从头读了一遍，就仿佛温少清站在自己的面前说"我爱你"一样。想着她就心跳起来，然而她又想：温先生是很有学问、很有品德、思想非常高超的人，能够爱我吗？能够这样热烈地爱我吗？不要妄想嘛！可是除了温少清之外，她又实在想不出另外还有一个人能够写这样的信。

　　她忽然又有所惊悟：哦，难道是在找小说材料吗？他是拿我写成小说的主角吗？想到这里，不由冷了下去，她以为这想得太对了，除了这个之外，并没有其他的理由。她先还想写信，后来信也不想回了，根本把这件事忘掉。她自己解脱着自己，何必为这么一件事来纷扰自己的心呢？

　　她出去找同学去谈天，同学正和丁郁芬、陶华闹吃糖。顾大姐这时又郁郁寡欢，索然独处，不免唉声叹气。这时有她同

217

班的学生劝她说："何必为这事苦恼呢？自己眼看毕业了，或是升了大学，或是走入社会，都有伟大的前途等你，何必为一小女孩而烦恼呢？"

顾大姐却偏不听，她说："我非得把陶华夺回来再放弃了她不成。"

同学道："我问你，是毕业要紧，还是陶华要紧？"

顾大姐道："我非得夺回她不可，我情愿为她降班。"

大家一听，笑了起来，说道："好愚的大姐，为她肯降班，这真是伟大的爱呀。可是降了班依然夺不过来，不是更糟心吗？"

顾大姐道："不会的，我相信我能得到最后胜利。"

大家道："根本就无所谓胜利，陶华这样朝三暮四，根本就没有爱的价值。"

无论怎么说，顾大姐始终不听。人的感情真神秘呀，她又取那"泡"的主义。

顾大姐跟陶华泡，还有人跟黎若梅泡。黎若梅过了两天，又接到一封信。那信是以往的笔迹，里面说：你为什么不回信呢？是不是不喜欢我？可是看你表面上并没有不喜欢的样子。你是不是已经猜到是我，而不爱我？现在我希望你，爱我不爱我，都要写一封信，我便不再给你写信。最后我还告诉你，我永远爱你的。黎若梅看了这封信，又不觉心里动了，她想到温少清，他真爱我吗，真是他吗？问题在她脑子里又翻腾起来，她没有回信，可是决定明天到温少清屋里，探探动静。

第二天趁着没课的时候，到温少清的屋里。奇怪，自猜疑写信的那人是温少清之后，对于温少清便另一个态度了，见了他，说不出的那么不好意思。温少清见了她这样子，也不觉得怎样，仍是从前那样对她。她又纳闷起来，心想：也许不是他吧？她想罢之后，没有回信，却来到温少清的屋里，说了几句闲话。

温少清道："暑假里除了写东西之外，还打算到哪里玩去呢？"

黎若梅道："没事的时候，只有到北海玩玩。"

温少清道："是的，在傍晚的时候，直到月亮上升，在那海里，荡着小舟，这个情景，是最容易陶醉有情的人们的！"

他笑了，黎若梅也笑了。她道："我又接到一封信。"

温少清道："哦，那么你怎么办呢？"

黎若梅道："我真希望他明白向我表示了，我相信我能够爱……"

温少清道："能够爱他吗？"

黎若梅羞赧道："至少我是不讨厌他的。"

温少清道："我想，他也许会告诉你的了，最好你还是先给他写一封信。"

黎若梅道："好吧，那么我约他到一个地方去谈，您看好吗？"

温少清想了想道："还是等他约你的好，不必约他。"

黎若梅答应了，看了看温少清的神色等等，都看不出一点痕迹来，她真摸不清是不是他。假如是他，自己就可以表明自己的态度，但万一不是他，自己表白得多么荒疏呢！可是又没法问他写信的究竟是他不是，这话问不出来。她真是别扭，同时又顾虑到温少清是否真的爱自己。

回到自己屋里，再也想不出一个好方法来。

要知后事如何，且看下章。

第四章　因风乍共归老家去

这天，大家都考过试了，从此就要莺燕分飞，再见就得两个月后了，大家都不禁有惜别的意思。学校规定这天举行毕业式，同时在校同学欢送毕业同学，典礼外还有余兴。一般学校每到这个时候，都是以余兴为主，而以典礼致辞等为辅了。所以学校定在晚上开会，吃过晚饭后，大家都集合到操场。操场临时搭了一个台，把教室的椅子都搬到操场上去露天开会，先赚个凉快。同学济济一堂，挥扇摇风，莺声燕语，一片旖旎风光。

振铃开会后，校长先生等陆续上了台，主席报告开会。先由校长致训词，校长站在台上，说些勉励的话，毕业生出了母校，到了社会，应当怎样为人，怎么学好向上，不要做不好的事。说了一大套，大家也感到校长是怎样为人正直。校长说完，先生也一个个地说两句，大家都听得不耐烦，恨不能立时开游艺会，全体肃立，就叫闭会才好。先生致辞完了，同学代表致欢送词。大家已经推好了黎若梅，黎若梅也编好了词句，

221

走上去讲话，她是代表同学的，毕业生给她鼓掌，全校同学也给她鼓掌。她讲完，毕业生致答词，是由顾大姐代表全班毕业同学，先向校长先生鞠躬，然后又向同学鞠躬，同学全都鼓掌，毕业生也鼓掌。她既然代表毕业生，毕业生也鼓掌，就等于毕业生自己给自己鼓掌了。

大家都致辞毕，这才余兴开始。有跳舞、音乐、唱歌，一幕一幕地，反正都是大家平日预备熟习的。平时大家都玩得频繁了，可是搬到台上来，又都觉得新奇好玩。玩意儿不怎么样，可是项目真不少，这项目里最惹人注目的是陶华的跳舞，她光着大腿，穿着极美丽的舞衣，不但同学们看着都陶醉了，就连教员们都看得眼睛发直了。

陶华下去之后，后台便围了好多人，这个问她累不累，那个夸她跳得真好。有的给端过一碗茶来，有的给她换衣服。顾大姐过来，连袜子都要给她脱换。这时后台指挥发下命令，叫纠察员驱逐闲人，这后台才算清静。

跟着是白芍芬的独唱，唱流行歌曲，唱了一段《拷红》。大家鼓掌，又要她唱一个。她又唱了一段《五月的风》，大众鼓掌不已。白芍芬下去之后，又是陶华和丁郁芬的合舞。丁郁芬饰一个水手，陶华饰一个女郎。她们的舞表现那水手向那女郎求婚。女郎先不允，后来水手再三跪下哀恳，那女郎才允了，遂一同携手上船，拉上铁锚，摇着船到海角天涯去了。丁郁芬的水手，打扮得真像一个英俊的青年，陶华更是漂亮动人。两个人舞着，大家看着没有不羡慕的。顾大姐看了，难言之隐，她恨不能把丁郁芬给拉下台来。

跳舞下去了，换上话剧。大幕一闭，台上七登八登，搬桌子搬凳子。这工夫久了，大家等得无耐心烦。好容易开幕了，大家一阵鼓掌。剧是一个爱情喜剧，女主角是白芍芬，表演得非常浪漫，正合乎她的个性。大家看得眉飞色舞。话剧下去之后，还有皮黄清唱，锣鼓一响，大家又是一种精神。清唱里，还有教员加入，一个教英文的，唱了一段《玉堂春》，唱得和踏了猫脖子似的，体育教员唱了一段《恨董卓》。最后大轴是白芍芬的《女起解》。

一直到十二点钟，这才散会。大家伸伸懒腰，各自回家。有不愿意回去的呢，便住在宿舍里，谁要同谁好，便睡在一个床上。顾大姐自己有家不回去，非要睡在陶华床上不可。她没等散会，先跑陶华屋里，给她铺好了被子，自己便睡到她的被子里，等着陶华回来。散会之后，陶华、丁郁芬、黎若梅、白芍芬和冷菊英都一起回到宿舍。一边走着一边谈着，白芍芬说陶华跳舞如何好，陶华说白芍芬唱得如何好，谈谈笑笑，进到屋里。

把灯捻亮，陶华道："哦，谁把我的被子都铺好了?"

丁郁芬道："不用说，一定又是那顾大姐干的事了，义务老妈子，哈哈。"说着笑起来。

白芍芬道："顾大姐也太痴情了，她若是男的，我非得嫁给她不可。"

丁郁芬道:"这有什么好,她若是个男人,也没有起色呀!"说着,便往床上一躺,学着话剧里的词句,叫陶华道:"我的妹妹,快来吧!"

陶华道:"我今天可真累了。"说着,便往自己床上一坐。忽然被子底下有人,吓了她一跳,忙站起来,一掀被子,看见里面果然有个人,不由叫喊起来。

大家都吓了一跳,问道:"怎么啦?"说着,都往陶华的床上一看,看见陶华被子里躺着一个人,也都吓得叫起来。

顾大姐听她们嚷,这才翻过身来。她们一看是顾大姐,这才安心,可是心里还是直跳。

陶华道:"哟,这是怎么一回事呀?"

顾大姐道:"我给你铺被子,铺完了就困了,便睡在这里。"

陶华见顾大姐这样,心里有些软。丁郁芬却生了气,说道:"你还不快回到你的家里睡觉,学校快关门了。"

顾大姐道:"我困极了,我不回去了,这么晚,回到家里去叫门,非得挨说不可。"

丁郁芬道:"那你不回家,人家怎么睡呀?"

顾大姐道:"两个人也可以睡在一个床上呀?"

丁郁芬道:"那不成,你若不走,我就叫训育主任去。"

白芍芬看着不过意,觉得顾大姐对陶华这样痴情,应当叫

224

陶华安慰她一下，好在都是女人，有什么关系。不过她总觉得顾大姐的心理挺怪的。她道："得啦，反正就这一天了，明天就各自东西，谁也见不着谁了，不必那么较真了。"

丁郁芬道："那不行，无论如何，我不能叫她和陶华睡在一个床上。你若喜欢她，你不会叫她睡你的床上，你不是还要嫁给她呢吗?"说着，她又笑了。她是连气带笑的。

冷菊英见她们闹得乌烟瘴气，十分好笑，她也不理会她们，一个人躺在床上，盖了被子睡了，她不管她们闹得什么地步。

陶华这时也不知应怎么办好了。她看着顾大姐怪可怜的，可是丁郁芬的态度又非常紧张，绝对不许留顾大姐住下。黎若梅看她们闹得很僵，再这样闹下去，这一夜也不会睡。她见时候已经不早了，非叫顾大姐回家不可，也有些过于冷酷。可是顾大姐也不该强要留宿。处于现在的情况下，只有解和一途。若叫顾大姐睡在陶华的床上，丁郁芬绝对不干;若听了丁郁芬的话，而驱逐顾大姐，也不好意思，同时顾大姐也绝不会走。她想了想，说道："方才芍芬说得很对，好在今天就是最末一天了，再过几个钟头，大家起来，各奔东西。顾大姐是毕业的人了，以后也不能天天见面，那么全在这里住下，也没有关系。将来同学还要在社会上见面，何必这时闹得冰火不相容呢?郁芬哪，你听了我的话，叫顾大姐住在这里也没有关系。"

丁郁芬道："住下随便，但就不能叫她睡在陶华的床上，睡在谁的床上都可以。"

白芍芬道："那么你和大姐一个床上好吗？"

丁郁芬道："我没说要嫁给她呀。"

顾大姐道："今天我就在陶华的床上睡定了，谁也拦不了。"

丁郁芬道："我偏不叫你睡。"

顾大姐道："这又不是你的床，这是陶华的床，你管得着吗？"

丁郁芬道："陶华是我的人，我就能管。"

黎若梅道："都是同学的，谁也不是谁的。我看这样吧，时候已经不早了，也快熄灯了，我们得赶紧把这件事解决了，因为我还得睡觉呢。最好叫陶华说，这是陶华的床，自然她有她的自由权利。她愿意留顾大姐住下，那就叫顾大姐住下；她若不愿意，那么顾大姐也不能非要强住在这里不可。"

白芍芬道："对了，这个办法很好。"说着便看陶华。

陶华没了主意，叫顾大姐住下吧，丁郁芬不答应；驱逐她走吧，又觉不忍。她一声不语，想不出一个好法子来。而顾大姐却躺着不起。丁郁芬一把揪过陶华，说道："上我的床上来。"说着，硬把陶华拉到自己的床上去。顾大姐一看，十分难过，竟要落下泪。

黎若梅一看，怕要生出悲剧来，遂说道："我有一个方法，不知你们听从不？"

226

顾大姐一听她有方法，便用期盼的眼光看着她。她道："叫顾大姐睡陶华的床上，陶华睡在丁郁芬的床上，叫丁郁芬睡到我的床上。"

　　大家一听，有些同意，白芍芬连说这样好，顾大姐也以为能睡在陶华的床上，便已经安慰了。丁郁芬见顾大姐虽然仍睡在陶华的床上，但陶华却睡在自己床上，她也认可了。何况她很喜欢黎若梅呢。于是她便爬起来，和黎若梅睡在一起，这一幕闹剧，才算告终。

　　其实她们谁都没有睡好，只忍了一会儿，便天亮了。顾大姐起来，把陶华的被子拿到院子去晾，然后给她收拾床铺。收拾好了，把院子里的被子扫了一下，拿进来，好好叠在床上。等陶华醒来时，顾大姐已经把她的床收拾干净。陶华自然很感动，她下了床便到盥洗室去洗脸漱口，顾大姐也跟着去了。

　　这时除了黎若梅以外，都睡得很香。黎若梅知道顾大姐给陶华收拾床铺，也知道陶华出去，也知道顾大姐追了去，可是她不敢言语，也不敢动，她怕惊醒了丁郁芬，又是一场麻烦的。女孩子的心理真奇怪，一个同性还有什么可恋的呢？

　　顾大姐且追陶华到盥洗室，她想跟陶华多谈话，又怕陶华不理她。她给陶华打洗脸水，倒漱口水，陶华说了一声"谢谢你"，顾大姐真是喜欢极了。她道："你睡好了吗？"

　　陶华道："我由躺下就没有醒。"

　　顾大姐道："我一夜也没有睡，我恐怕你夜里喝水。"

陶华一听，说不出的一种感情刺激着她。本来她是很天真的，她和丁郁芬好，就像小孩子似的相投，她们的感情是真的纯洁的，她们的感情是日积月累而生的友谊。自顾大姐向她投去同性的爱情，她初还不觉怎样，后来接连地追求，竟使她感到奇迹，觉得这种力量，也竟能转移人的情感。这种同性恋和异性恋，竟没有两样。她本来不爱顾大姐，但被顾大姐的热烈所感，而觉得她太可怜了，由怜而生同情，由同情便生出爱。她以为丁郁芬是好朋友，不能管她的自由，况且丁郁芬像小孩子似的，爱发脾气。不像顾大姐，真像个大姐的样子，对于自己这样体贴安慰，真是无以复加了。她想到这里，不由落了泪。

顾大姐一看她哭了，大吃一惊，立刻说道："怎么了，你快告诉我，你不痛快吗？"

陶华说不出什么来。顾大姐道："你是不喜欢我吗？我使你难过吗？"陶华摇了摇头。

顾大姐又道："你快说，到怎么回事？只要你快活，叫我怎么样都可以。你说呀，趁这时没人，回头就有人来了。"

陶华道："我说不出来。"的确，她这种心情是说不出来的。

顾大姐着急道："你说，你是不是感到什么痛苦？"

陶华道："我现在没有主意，不知道怎样好。"

顾大姐道："还有什么主意不主意，咱们好，就永远地好，

228

有什么可顾虑的呀?"

陶华道:"好到几日呀?"

顾大姐道:"一直到死。"

陶华道:"难道你就没有一点痛苦吗?"

顾大姐道:"只要你允许我们常见面,我就高兴的。"

陶华道:"可是你毕业了。"

顾大姐道:"我考入大学,你可以常找我玩儿去,我也找你。放假的日子,我们出去一块儿玩,我们至少每天通一封信。"

陶华道:"我可不爱寄信。"

顾大姐道:"我天天给你写,你高兴写的时候就给我写,这还不成吗?"

正说着,有人来了。陶华急忙低下头去洗脸,顾大姐就装作找洗脸盆。一会儿,黎若梅和丁郁芬等都来了。

丁郁芬看见顾大姐和陶华在一块儿,不由就生气,她嚷道:"陶华,你起来怎么不叫我?"

陶华道:"我看你睡得正香,干吗叫你?"

丁郁芬道:"哼,别说啦,当是我不知道呢。"

顾大姐这时认为自己究属胜利,也就满意而去。顾大姐走了,丁郁芬也就不再说什么。她们洗完了脸,回到宿舍,收拾行李,准备各自回家。她们以前是愿意回家,现在又有点舍不得了,都有惜别的样子。白芍芬更不愿意回家,在家里还没有在学校里自由。上课的时候，愿意住在家里。放假的时候，又愿意住在学校，住在学校和情人通信、打电话、定约会都是方便的。可是学校把宿舍一封，不准再住，只得回家。

　　冷菊英先收拾书箱行李，叫听差雇好了车，她先回家了。黎若梅也收拾好了行李，她和白芍芬一同出了校门。这里就剩下陶华和丁郁芬，两个人对看了一会儿，丁郁芬又要笑。

　　陶华道："你还不走？"

　　丁郁芬道："你怎么还不走？"

　　陶华道："走，我们一块儿走。"她们两个人提着行李走出来。

　　门口的洋车都没有了，她们在门前站着，丁郁芬道："顾大姐又同你说什么来着？"

　　陶华道："没说什么。"

　　丁郁芬道："你又欺骗我，她一定同你说了什么。"

　　陶华道："你可真快成了神经病。"

　　这时候有辆洋车过来，陶华叫道："车，过来！"拉车的连忙跑过来。

　　丁郁芬道："一辆车不成呀。"

　　陶华道："我们又不是到一个地方，你回你的家，我回我的家，何必一块儿走呢？"

　　丁郁芬道："那也得出了大街再分手，拉车的，拉我们两个人吧。"

这时陶华已经上了车，把行李也放在上面，丁郁芬也要上，拉车的道："拉您二位可不行，又搭着两个行李，这车拉不动。"

陶华道："你等一等吧，我出胡同口的时候，给你喊一辆车得了。"说着，便叫拉车的走了。

丁郁芬一看，几乎哭了出来，把嘴噘得挺高。陶华还回手摇道："再见。"丁郁芬也没有理，她恨不能倒在街上哭一阵。又等了一会儿，才来了一辆车，她雇上回家了。

她们走了之后，学校立刻就清静起来，只剩几位教职员不愿走的，住在校里。温少清住在靠近校园的一间屋子里，在那儿幽静极了。

有一天，黎若梅找了他来。原来黎若梅曾接到他的一封信，问她假期里都做什么消遣，有工夫希望到学校来谈。黎若梅接到这封信，非常喜欢，她正要想找温少清去谈谈功课。关于那不具名的信的事，她也始终没有得着结果，她不知道写信的到底是谁，看那词句的漂亮，字的美丽和意思的诚恳，都像温少清写的。可是温少清却一点形迹也不露。她想，假如自己能够向他表示一下，他一定能够把实话告诉自己了。可是自己怎么向他表示呢？她为了难。

这天，她去找温少清。温少清见她来，欢迎极了，和她谈了许久。环境是很幽静的，在各人的心情，都有些陶醉，可是表面上还是很镇静的。温少清奇怪黎若梅拿得那么稳，黎若梅

231

也奇怪温少清会这样沉静，其实他们的心里，早就沸腾起来了。黎若梅吃完午饭便去了，一直谈到吃晚饭，她还舍不得走，而温少清也不叫她走，总是说个没完，使她也没有说走的机会。

最后，黎若梅又提到那不具名信的事。温少清问她最近又接着信没有，黎若梅道："没有，也许因为放了假，他知道我不住在学校，他不知道我的住址，叫他不敢再写了。"

温少清道："也许吧，但我想也许因为你的态度没有表示明白，叫他不敢写了。"

黎若梅道："可是我怎么表示呢？我知道是谁呀？我向谁表示呢？"

温少清没有言语，看了看表，说道："我们吃晚饭去吧？"

黎若梅道："温先生饿了，我走啦。"

温少清道："别忙，我们一块儿吃去。"

黎若梅道："我想回去了，明天再来吧。"

温少清道："哦，你不给面子呀。"

黎若梅想到他方才说的表示的话，遂道："好吧。"

她遂同温少清一块儿出来，到一个西餐馆里，两个人吃着菜，谈着话，就仿佛一对情人似的。温少清又问到那不具名的信，他道："你平时曾猜想到这人是谁不曾？"

黎若梅道："我猜不着。"

温少清道："有点嫌疑的，你总能想到，像你这样聪明。"

黎若梅道："同学里的都不像。"

温少清道："同学的根本不用猜，写信的一定是异性，同学们写这信干吗？况且也不必费这么大的心思。"

黎若梅道："可是同性里，也常有这种事情。"说着便把丁郁芬、陶华和顾大姐的事情说了一遍。

温少清道："这根本不是正当的恋爱，这是一种畸形的。你应当对她们解说一下，不要把感情胡乱使用，虽然这没有什么害处，但究竟也妨碍真正爱情的发展。"

黎若梅又说到同学的这种闹蝶儿，非常好笑。温少清道："我们还是归入正题吧，你是不是觉得谁像写这信的人？"

黎若梅道："哦，我曾猜到一个人，可是我不说。"

温少清道："为什么呢？"

黎若梅道："我不知确实不确实。"

温少清道："那么是谁呢，你猜的？"

黎若梅道："奇怪，他也并不向我表示一下，所以我不能说。"

温少清点了点头，知道她想到了自己，只是不能说，而自己也没法再往深里表示，多难为情呢！将来慢慢想个法子，绕着弯儿表现出来，总比直接说"我爱你"强得多。他们吃完了饭，歇了一会儿，一同走出来。

温少清道："月亮都上来了，我们步一下街头之月如何？"

黎若梅点了点头，他们在大街上走着。走到故宫后面，街是很静，而心情是波动的，两个人的心热闹起来，而表面却越沉静了。

一块儿走到黎若梅的家，他们也没说了几句话。黎若梅请他到家里坐，温少清说："太晚了，改天再专诚拜谒吧！"他别了她，回到学校去了。

黎若梅回到家里，感到今天的快活，十分高兴。又把那几封不具名的信拿出来看，越看越像温少清的口气。她想，他真的爱了自己了吗？她拿着信，来回地看。

第二天，她不由得又去找他。虽然她觉得失了自尊，但她想昨天曾说过今天再来的话，假如说了不去，也不大好。她怀着很大的希望去了，谁知道走到温少清的门前一望，见温少清的门锁着，她不由失望了，无法，拿出自己的片子，用自来水笔写道："今天来，您没在屋，虽然您是忙的，但我却很难过，大概您忘了我说的今天来的话了吧？祝福您……"写完了，插在门窗上，回去了。

过了两天，她接到温少清的信，他的信这样写：

　　那天曾听你说第二天来，我并没有忘。不过我以为你是一种推托的话，又赶上有朋友来，强拉我去看画展。回来后，知道你来了，我非常后悔，后悔的程度比你碰锁的难过还要厉害，请你原谅我吧！我现在每天都在等着你。我最近要写一部小说，你的小说写了没有？

234

黎若梅一看，这才欢喜，忙又回复了一封信，说现在正写一篇小说，写完了一定拿去请您给改。信寄去了，她便开始写她的小说。

　　她的小说是写一个女孩子爱她的一个老师，老师很年轻而且品格高尚，也很爱她。两个人都不表现出来，后来这个女郎接到几封不具名的信，她怀疑是这个老师写的。一天她在老师的屋里发现和信一样的字体，她更确定了是他写的信，于是更引起她的感情的冲动，她感到老师的诚恳，而毅然接受了老师的爱情。

　　稿子刚写完，忽然接到了丁郁芬的信。她打开一看，才知道丁郁芬病了，信是躺在床上写的，希望黎若梅去给她安慰。黎若梅看了信，便连忙到她家去看她。见丁郁芬瘦得很难看，她道："呀，你怎么病得这样，我一点也不知道，要知道便早来看你了。"

　　丁郁芬流着眼泪道："陶华她竟不理我了。我给她写了五六封信，她都不回，有人跟我说她天天和顾大姐在一起。"

　　黎若梅一听，不禁叹了一口气，忙安慰道："她不理你，你也不必想她了。朋友原是互相推爱的，她既然对你失了信义，就不够朋友的资格了，何必还要理她呢？她来找你，你都可以拒绝她，何况她不来看你呢？"

　　丁郁芬道："她不和我好，没有关系，我就恨她同顾大姐好，顾大姐那人太坏了！"

黎若梅道:"本来这种同性追求,就是一种畸形的,根本不应该。陶华有她的天真,何必要这样毁她的天真呢?这孩子也太活泼了,过两天我劝劝她们去,你安心养病吧,我一定常来看你。你若寂寞,就叫人找我好了。好孩子,不要想她了,你的情感过重而不能达成,希望你把心放开一下,多看一些书,自然就安宁了。"

这一番话果然说动了丁郁芬,立刻觉得心里轻松多了,说道:"你又接到那人的信没有?"

黎若梅笑道:"你还惦记这事,最近没有接到,不过我已经猜到是谁了。"

丁郁芬道:"是谁呢?"

黎若梅道:"因为还没证明确实,所以还不能说,大概过两天就可以知道了,到那时候,我再跟你说吧。你好好养病,好了我们一块儿出去玩儿。"

丁郁芬答应着。黎若梅因为还想着要找温少清,便又安慰了她几句,走了出来,找到温少清。

温少清见她来了,十分欢迎,他道:"我买了好多水果,等着待客呢。上回我真后悔,不该出去看画展,没有在屋里谈谈天,是不是?你的小说写得了吗?"

黎若梅道:"还没动手呢,温先生写了吗?"

温少清道:"我写了一篇,还没写完。"

黎若梅道:"我可以看吗?"

温少清道："我只写了大纲，还没着手写。"

黎若梅笑道："温先生骗我了。"

温少清道："不过你可以听。"

黎若梅道："温先生能够说吗?"

温少清道："是的，我可以说出来，不过最后并没有完。"

黎若梅道："怎没有完呢? 您不会把它想完了吗?"

温少清道："结尾是很难的。我曾经努力想，也想不出一个结果来，回头你替我想个结尾。"

黎若梅笑道："我怎么能够替想呢，我一点也不会。"

温少清道："你能够想，只要想一句就得。"

黎若梅道："想一句，您不会就想出来了吗? 温先生越说越笑话了，哪有全篇小说都想了，而最后一句没有想的。"

温少清道："想是想了，只是有几种结尾，这篇小说，只要有末一句，就可以完成，没有这末一句，便不算完。这末一句有很多的话，我不知应当用哪句话，请你给选择一下，好不好?"

黎若梅道："都是什么话呢?"

温少清道："只有两句。"

黎若梅笑道："到底是大作家，为了两句话的选择，就费这么多劲。"

温少清道："这两句话很有关系，它影响全篇。"

黎若梅道："那么您就说这两句都是什么吧。可是在说这

237

两句话之前，我要听一听全篇的故事，我才能够替您想一想。"

温少清道："当然，全篇是这样，说一个青年向一个少女写信，那少女并不知道那青年是谁，青年写了许多信，少女也不知道他到底是谁。有一天，他们见着了，那青年便承认信是他写的，同时并问那少女是不是爱他。小说写到这里，底下那女孩回答青年的话，是爱，是不爱。仅仅是这么一句话，说爱也可以，说不爱也可以，可是两句是相反的，回答爱是喜剧，回答不爱是悲剧。"

黎若梅道："那么您是喜欢用喜剧的结局，还是悲剧的结局呢？这不是由您自己一选择就得了吗？"

温少清道："不，要是那样简单，这小说就没有意思了。我现在还得把两个人的个性和关系说一说，然后才能决定最后的一句话应该用什么。"

黎若梅道："那么您说一说两个人的关系吧。"

温少清道："青年和少女的关系，是师生的关系。"

黎若梅一听，微微笑了一下，没有言语。

温少清道："青年是少女的老师，国文老师，虽然他们是师生，可是年岁差不太多，青年是非常爱那少女的，那少女也很爱……呀，是不是很爱呢？"

黎若梅笑道："那我怎么会知道呢？"

温少清道："那么暂说不定爱不爱吧，那青年不知少女爱他不爱，所以他写了许多无名信给她，少女接得很纳闷，她并不知道那信就是她的国文先生写的，她还跑去同那青年去说……"

黎若梅笑道："原来那些信是您……不，是那青年写的。"

温少清道："是的，那青年写的。现在我再说一说那少女的美丽吧，她是全校里最美丽的一个，她的功课又好，她又聪明，她简直和仙人一样美。"

黎若梅笑道："她不美呀。"

温少清道："你怎么知道呢，我这是我的小说。"

黎若梅忙道："好好，您说您的，后来怎么样了？"

温少清道："后来有这么一天，他们又遇到一起，青年说他写了一篇小说……"

黎若梅笑道："老这么连环着说，没有完了。"

温少清笑道："简单说吧，到了最后，那青年便向那少女说我爱你。"

黎若梅低下头去了，温少清道："那少女一听，便低下了头去，青年又说，你爱我吗？"

黎若梅没有言语，温少清等了会儿说道："那少女没有言语，后来他又问一句，你爱我吗？若梅，我的小说就写到这里，究竟那少女是怎么回答他，我想不出来，你可以替她答出来？"

黎若梅羞笑道："我不会。"

温少清道："那么小说的最后，就写上我不会就完了。"

黎若梅道："不。"

温少清道："那么应当怎么说好，是爱还是不爱？"

黎若梅道："我写出来吧。"

温少清道："也好。"

温少清把纸笔给了她，她拿了笔写了一个"爱"字。

温少清一看，知道她已经爱了自己，便握了她的手道："你爱我吗？"

黎若梅低了头，温少清一拉，就把她拉到自己怀里，接一个甜蜜的吻。待了一会儿，黎若梅道："我这第一篇小说写出来，温先生给改一下。"

温少清道："你怎么还叫我温先生呀！"

黎若梅道："您不是我的先生吗？"

温少清道："哦，我是你的先生。"

黎若梅一听，倒说漏嘴了，羞赧地倒在温少清的怀里道："什么呀？我不给你看了。"

温少清道："得啦，拿来给我看看吧！"黎若梅遂由书袋里拿出来，递给温少清。

温少清看完了，说道："你怎么早不叫我看，叫我费这么大的事，绕这么大的弯子。"

黎若梅道："那你怎么早不跟我来说？我问你，那些信是不是你写的？"

温少清道："是我写的，因为我太爱你了。"

他又说他写信时的心情，黎若梅觉得很有意思。谈了一会儿，黎若梅又谈到了丁郁芬，温少清便叫她解劝她一番。

黎若梅道："她还叫我请吃糖呢。"

温少清道："你已经告诉她了吗？"

黎若梅道："没有，可是我预备告诉她。"

温少清道："可以告诉她们，并且劝她们不要再追求同性恋爱。"

他们玩了一会儿，温少清又请她吃晚饭，又送她回家，以后每天都是如此。

黎若梅隔一两天便去看丁郁芬，丁郁芬精神渐好。黎若梅又把她和温少清相爱的事说了一遍，丁郁芬也颇感动。黎若梅又带了丁郁芬到温少清那里玩儿，丁郁芬看见温少清和黎若梅的甜蜜，而感到异性恋爱的力量伟大，她又经温少清和黎若梅的熏陶，渐渐把她女孩的性情整个儿地展现出来，她不再以陶华爱顾大姐为苦了，而以为她们那种爱的生活不对。

黎若梅又找到陶华，述说了丁郁芬为她病倒的情形。陶华每天被顾大姐缠着，所以忘了丁郁芬。现在一听这话，不由又起了爱怜的心。黎若梅又说了许多不该爱顾大姐的话，这种爱终究是痛苦的，"你这样的美丽，为何不找一个男性做对象，那是多么伟大呢？"陶华一听，也有些悔意，可是她又怕顾大姐苦恼，因为她和顾大姐已经起誓谁也不嫁，两个人各独身以终。

黎若梅道："那根本不可能，现在说得好，过些日子，准得变化。顾大姐这方面，我去找她说，你不必担心了。"

她说完真的去找顾大姐，说她不该耽误陶华，既耽误了自己终身，又耽误了陶华的前途，这是不对的，何况还叫她失了好朋友了呢？顾大姐一听，立刻觉悟了，同时正有个男性追求她，她渐渐恢复了她女性的爱，而和那男性结婚去了。陶华又和丁郁芬恢复了从前的友情，更坚固而纯洁的友情。

书至此，便告结束。

图书在版编目（CIP）数据

喜迁莺·闹蝶儿／耿郁溪著. －－北京：中国文史
出版社，2021.3

（民国通俗小说典藏文库. 耿郁溪卷）

ISBN 978 - 7 - 5205 - 2744 - 6

Ⅰ. ①喜… Ⅱ. ①耿… Ⅲ. ①长篇小说 - 中国 - 现代
Ⅳ. ①I246.5

中国版本图书馆 CIP 数据核字（2020）第 246370 号

责任编辑：蔡晓欧

出版发行：**中国文史出版社**

社　　址：北京市海淀区西八里庄路 69 号院　　邮编：100142
电　　话：010 - 81136606　81136602　81136603（发行部）
传　　真：010 - 81136655
印　　装：北京新华印刷有限公司
经　　销：全国新华书店
开　　本：720 × 1020　1/16
印　　张：15.75　　　字数：152 千字
版　　次：2021 年 3 月第 1 版
印　　次：2021 年 3 月第 1 次印刷
定　　价：56.00 元